暴走騎士様の
ただならぬ溺愛

雪兎ざっく
ZAKKU YUKITO

登場人物紹介

ガブスティル

中央国の近衛騎士団長付き補佐官。
次期騎士団長と目されている。
葉菜たちの護衛を務めており、
一緒に行動することが多い。

木実葉菜 (このみ はな)

最強の破壊力を
授けられた、通称『黒姫』。
双子の妹と共に異世界に召喚され、
巫女姫として中央国で
暮らしている。

ジェシール
中央国の神官長補佐。来る者拒まず、去る者追わずのプレイボーイ。

スウォリディス
南の国大使。葉菜からは『クリスマス騎士』と呼ばれている。

わたまる
魔獣・ウィンの子供。クリスマス騎士から葉菜たちへの贈り物。

ヴィクトル
中央国の王子。キラキラしい見た目で物腰柔らかだが、曲者でもある。

木実陽菜（このみ ひな）
葉菜の妹。最高の治癒力を持つ『白姫』。葉菜と一緒に中央国で暮らす。

目次

暴走騎士様のただならぬ溺愛　　7

書き下ろし番外編
お仕事　　353

暴走騎士様のただならぬ溺愛

プロローグ

私──木実葉菜は、ある朝、いつも通り会社に出勤しようとしたところで、双子の妹・陽菜から声をかけられた。

「遅れる～！　お願い、葉菜！　送っていって！」

「やあよ」

そう言いながらも、私は車のキーを持ったまま玄関に留まる。陽菜が私にこう頼んでくるのは今日に限ったことではなく、私が朝送ってあげるのも、もはやお決まりのパターン。甘え上手で可愛らしい妹の頼みごとに、お姉ちゃんはめっぽう弱い。

そんな私の気持ちをわかっている陽菜は、「あと一分！」と叫んで洗面所へ駆け込んでいった。待たせていながら、さらに化粧を続けるつもりらしい。すぐに出ていかなくても、私が置いていったりしないと確信しているのだ。

それにしても、毎朝毎朝、陽菜の身支度への余念のなさには頭が下がる。

同じ時間に起きて、私が朝食を食べて片付けをしている間もずっと化粧をしているの

に、まだし足りないというのか。

ちなみに陽菜は家で朝食を食べる時間がないため、私が作ったおにぎりを車中で食べ

ながら仕事に向かうことが多い。

陽菜は有名服飾ブランドのショップに勤めているので、格好に気を遣うらしい。今日

も、真っ白なブラウスに淡いブルーのふわふわしたスカートという、女の子らしい出で

立ちだ。対する私は、食品や日用品をメーカーから取り寄せて小売店に卸す卸売、兼

倉庫会社で働いている。そのため、勤務時はいつも動きやすいようにグレーのシャツに

黒いパンツというスタイル。化粧も最低限しかしない。

私たちは一卵性の双子で顔の作りは瓜二つなのに、陽菜のほうが格段に可愛いしモテ

る。陽菜曰く、化粧も服も、面倒なスキンケアもしっかりとやって、モテ仕草も研究を

重ねているから。

そして陽菜は甘え上手でもある。仕事に遅れそうな時でも化粧の手順を省くのではな

く、私に車で送ってもらって時間短縮するという業を使う。そんな陽菜のことを羨まし

く思わないと言ったら嘘になるが、不器用な私には無理な芸当なので今のままでいいか

と思っている。

「もう、急いで！」

そう言いながらも、私は大して焦っていない。普段から時間に余裕を持って家を出るタイプなので、今日も陽菜を送って遠回りしても遅刻することはないからだ。

陽菜はそれを知っていて頼んできているのだから、仕方がないと苦笑いするしかない。

私は陽菜の「はあい」というのんびりした声を聞きながら、玄関に飾っている両親の写真を眺めた。

両親は私たちが高校生の頃に事故で亡くなった。だから私たちは今、両親が遺してくれたこの家に二人で住んでいる。

学生の間は親戚の家にお世話になったりもしたけれど、やっぱり住み慣れたこの家に戻りたかったのだ。幸いにも両親は私たちが大学に行けるだけの充分な蓄えを遺してくれていたので、金銭面で親戚に迷惑をかけてしまうことは、ほとんどなかった。

そうして大学を卒業するまでの期間を過ごし、一年前、私たちは働き始めた。それと同時に、お世話になっていた親戚に、もう大丈夫だからと言い、両親が遺してくれたこの家に陽菜と二人で住むようになったのだ。

「遅くなってごめ～ん」

私が写真をぼんやり眺めている間に、陽菜が準備を整えて玄関にやってきた。そして、

1

そして、驚いて声も出せずにいるうちに、私たちは光の中に吸い込まれていった。

目が眩むほどの激しい光に、私は咄嗟に陽菜の手を握る。

陽菜が立ち上がった瞬間——ぱぁ……っと、足元が円を描くように光り始めた。

ガーリーなパンプスを履く。

——あれ？　足元の感触が、突然変わった……？

玄関のタイルは滑り防止用にザラザラしていたはずなのに、なんだか随分つるつるしている感じだ。

不思議に思った私は、眩しさに閉じてしまっていた目を、そろりと開く。すると周囲には、目を見開いた大勢の人がいて、こちらを凝視していた。

——怖い。

咄嗟に感じたのは、そんな思いだった。

人々の目は血走っていて、そんな真剣で、殺されかねない雰囲気である。

「な……に、これぇ」

　私と手を取り合っていた陽菜の手から力が抜ける。

　隣にぽすんとへたり込んだ陽菜は、そのまま両手で顔を覆って「どういうこと？　こ

こはどこ？」と言いながら泣き始めてしまう。

　可愛く泣きじゃくる陽菜の隣で、私は唇を噛みしめた。

　私まで、陽菜と一緒に泣いている場合ではない。というか、私はこんなことで泣いて

誰かが助けてくれるのを待つなんて性に合わないのだ。

　そう、私は強く、一人で生きていけるタイプ。か弱くて可愛い女の子ではない。

――陽菜を、守らなきゃ。私しか、いない。

　そう強く思った瞬間、下から吹き上げる風に、私は飛ばされた……のだと思った。

　だけど現実は、私を中心に、爆風が巻き起こったのだった。

　熱い。胸の奥からどんどんなにかが湧き出てきて、痛い。そのなにかが出てく

るたびに体が引き裂かれそうになるから押し込めたいのに、どんどん溢れ出てくる。

　怖い、怖い……怖い！

　なんで？　どうして？　――なぜ、私たちはここにいるの？　なぜ、こんな恐怖を味

わわなきゃいけないの？

「葉菜……っ」

陽菜が泣きながら私を呼んだ。

爆風に煽られつつ、私は手を伸ばして隣でうずくまる陽菜の手を握る。

その瞬間——この世界の神からの溢れるほどの想いを感じ取った。

最初に感じたのは、『お願い』という懇願。

次は、『ごめんなさい』という謝罪。

そして神は、この国が、この世界が危険なのだと訴えてきた。

今、他国がこの国の制圧をきっかけに世界規模の戦争を起こそうとしているという。

それほど大規模な戦争が起きれば、森も動物も家も……人さえも焼き尽くされるだろう。

神が創った世界は、滅んでしまうことになる。

凄惨な未来を予見した神は、それを食い止めるため、そして平穏を望むこの国の人々の願いを受けて、戦争の抑止力となる人間を異世界から呼び出したのだという。

それが、陽菜と私。

こちらの人間には、体に入れることすらできない力を、神は私たちに与えた。

陽菜には、すべてを癒す奇跡の治癒力。

私には、それと反対の、圧倒的な破壊の力を。

力を持つ私たち二人がいると、戦争は防げるのだという。私たちがただいるだけで、世界の平和は守られると。

……なんと、私たちは、小説やアニメでよくある異世界トリップをしてしまったというわけだ。

信じられないし、信じたくないけれど、私たちを取り囲んでいる群衆の髪や目の色は私が住む世界の人とはまったく違っていた。自宅の玄関にいたはずなのに、見知らぬ広間に瞬間移動していた理由も、異世界トリップしたからだと考えれば合点がいく。でも、到底受け入れることはできない。

私は全力で嫌だと叫んだ。

だけど、神はそんな声など無視して、この世界の知識を次々と授けてくる。

私の頭の中に、ほしくもない知識が膨大に流れ込んできた。

陽菜にも、この不思議な感覚があるのか、「いやあ」と弱々しくつぶやく声が聞こえる。

しばらくするとその感覚が止み、最後に神の声が聞こえた。

『あなたたちは、この国に安定をもたらす存在。この国で生涯を終えてほしい』

けれど、そんなこと急に受け入れられるものではない。

「嫌だ！」

大声で叫んだら、壁が崩れた。

「帰してよ！」

そう言いながら群衆を睨み付けたら、私の視線の先にいた人が吹っ飛んでいった。

その様子にびっくりして闇雲に腕を振ると、今度は腕を振った先にあった窓ガラスが割れた。

なにかするたびに、私の動きに連動していろいろなものが壊れていく。

「なに、なんなのっ？」

焦って体を動かせば動かすほど壁は壊れるし、天井は落ちてくる。

誰かが、私が壊した瓦礫の下敷きになっているのが見えた。爆発が起こり、周りの人たちは逃げまどっている。

このままじゃ、誰かを殺してしまう。

そう思うのに、体の中から力が流れ出てくるような感覚が止まらない。

「やだああああ！」

その時、とてつもない疲労感に襲われた。

体の前で両手を握り、目を閉じた次の瞬間──

「こっちを見ろ」

温かい大きな手に自分の手が包み込まれた。

そして低く落ち着いた声が、とても近くから聞こえたけれど、怖くて目を開けられなかった。これ以上、よくわからない自分の力によって誰かが傷付くのを見たくない。

「大丈夫だから」

声に優しさが加わって、今度は頬に温かさを感じた。大きな両手が、私の頬を包み込んで、顔を上げさせる。

驚いて思わず目を開けると、目の前に深い紺色の瞳があった。

涙でぼやけた視界に、男性の姿が映る。

「落ち着いて。息を吸って……そう、吐いて」

至近距離で指示を出され、なにも考えずに従った。言われた通りに深呼吸を繰り返すと、紺の瞳が『よくできました』と褒めるように優しく細められる。

その優しい瞳に、私はこんな状況なのに、思わず見惚れた。まるで包み込んでくれるような安心感のある視線だと思った。

彼は、私の頬を両手で包み込んだまま、腰をかがめて顔を覗き込んでくる。

あまりに顔が近くて、私の頬は少し熱くなった。

こんなに逞しくて、格好いい人に見つめられ続けるのは、とても恥ずかしい。

私には生まれてこの方恋人がいたことはない。男性に近付かれた経験もないので、今が最大接近だ。さっきまではパニック状態だったから近付かれても気にならなかったけれど、落ち着きを取り戻した途端に意識してしまった。ぼんやりと見つめていた紺の瞳から視線を逸らす。

すると、視線の先には、彼のボロボロの服があった。

装飾があちこちについた、華美な軍服のようなその服は、あちこちが焦げて、破れて、汚れてしまっていた。破れた服の隙間から見える肌には、血が滲んでいる。

もう一度彼の顔に視線を戻したところ、瞳と同じ色の短い髪は乱れ、額には汗が浮かんでいた。

疑問など持つ余地もない――すべて私がやったことだ。

「ごめんなさい」

私が謝ると、彼の太めの眉が寄せられて、悲しそうな顔になった。心底私を心配しているような表情に見えて、そんな場合ではないのにドキドキする。

場違いな気持ちを無理矢理抑え込んで、私はもう一度謝罪と、そして感謝を伝えた。

暴走を止めてもらえて、本当に助かったから。

「感謝は受け取ろう。しかし、こっちの都合で勝手に喚び出した我々に詫びる必要はない」

彼は、慰めるでも怒るでもなく、無表情でそう言った。

そのことになぜかほっとして、私は涙が出そうになってしまう。　彼は私を困ったように見て、頭を撫でてくれた。

だけど、私の足元には、瓦礫と傷だらけの人間たちが転がっていた。

それらを見ていたら、自分の中でまた、得体の知れない力がざわざわと湧き起こる気配がする。

これを解放してしまえば、またさっきのようにいろいろな物や人を破壊してしまうと理解した。

私は、なにをするためにここに喚ばれたのだろう。

先ほど神は、「私たち」がいるだけで世界が安定するだなんて言っていたけれど、こんなことをする私が本当に必要なのか。　陽菜だけでよかったのではないか。　大勢の人間を傷付けてしまったことを自覚するにつれ、私の心は暗いものに浸食されていく。

その時、隣に座り込んでいた陽菜がふらりと立ち上がって、手を前へ突き出した。

陽菜が辛そうな顔をして手をかざすその先では、血を流して動けなかった人々が驚い

ように目を見張り、そして動き出す。

これが陽菜の力か。私が傷付けてしまった人を、癒してくれている。でも、その力を発動するには、辛さを伴うようだ。

「なんて力だ」

近くに立つ男性が感嘆のため息を吐く。

それを見た私は、自分の代わりに頑張ってくれている陽菜に対して――ほんの少しだけ、もやっとした気持ちを抱いた。

神はどうして、私にこんな凶暴な力を与えたのだろう。なにかしらの力を授けられるなら、私も陽菜のように、みんなの役に立つ力がよかったのに。今の状況は、私がこれまでの人生でたびたび感じてきた陽菜への劣等感を煽った。

そんな気持ちに気付かれたくなくて、私は顔を覆って俯いた。

どれくらいの時間が経ったのか、陽菜が「はぁぁっ」と大きく息を吐き出して座り込んだ。

陽菜の手足は震え、体力の限界を訴えているようだ。

私は、ごめんねと心の中で叫びつつ陽菜を抱きしめた。

震えながら陽菜を抱きしめて――実際にどっちが抱きしめていたのかは、ちょっと曖昧だけれど――「陽菜がいてくれてよかった」と小さな声でつぶやく。

もし一人でこの状況を迎えていたら、私は現実を受け止めきれずに壊れていた気がする。陽菜に対する私の感情は複雑で、時に煩わしく思うこともあるけど、やっぱり一番気が合うし、なにより大切な存在だ。もっとも、普段はそれほど深刻に自分たちの関係について考えているわけじゃないけれど。私自身、それほど真面目ではないし、なるよ

うになれという性格だから。

さらにしばらく経過し、陽菜の体の震えがおさまって、私も周りを見渡せる余裕が出てきた頃、髪も髭も服も真っ白なおじいちゃんから声をかけられた。

「巫女姫様」

突然、そんな風に呼ばれて、戸惑ってしまう。しかし、私たちは神が呼んだ尊い存在であるから、そう呼びたいのだそうだ。

そんな呼ばれ方をすることに恐縮する私を放置して、陽菜は嬉しそうに応じている。おじいちゃんは、これから私たちが暮らす場所に案内したいと言う。私はまだこの状況を受け入れたわけではなかったけれど、陽菜が意気揚々とついていってしまったので、

仕方なくあとに続いた。

簡素な門を潜り抜けると、美しく整備された花壇と木々のある沿道の先に、白い壁に囲まれた大きな家が建っていた。

かなり高さのある建物だったので、二階建て？　と思ったら、非常に天井の高い一階建てだった。

なんて贅沢な作りをしているのだろう。空調が効きにくいじゃないか。壁面がほぼ窓という今いるこの部屋の他に、寝室、書斎、バス、トイレはもちろん、小さいけれどキッチンまでついているらしい。

ぼんやりと周りを眺めていた私の横で、ここまで案内してきてくれたおじいちゃんが頭を下げて言った。

言葉遣いや、身のこなし、同行している人たちの対応からして、このおじいちゃんはきっと偉い人なのだと思う。そんな人にかしこまって話をされるような大層な人間じゃないんだけどな、私。

「申し訳ありません。別の場所に巫女姫様の城を建築いたしますので、それまでこの場所でお過ごしください」

さらりと言われ、うなずきそうになって焦った。

──私たちのために城を建てるって、本気で⁉

言葉を発することができずに固まってしまった私の横で、陽菜はため息を吐きながら言う。

「別の建物をご用意くださるのですか？ こんなに素敵な場所で暮らせることを喜びましたのに。もっとも、私たちは、どこか……一つのお部屋でもいただければ、そこで暮らしていきますわ」

そのかしこまった口調と言葉を聞いて、生涯この世界で暮らすということを、陽菜がすでに受け入れているのに気が付いた。

不安で表情さえも上手く繕えなくて、言葉が出ない私とはまったく違う。切り替えが早い。早すぎる。

「そのような！」

悲鳴のような声を上げて、おじいちゃんが首を横に振る。

かなりテンパっている様子なので、今、背後から驚かしたらそのまま死んでしまいそうだなと、場違いなことを考えた。こういう時にシリアスになりきれないのは私の悪い癖である。周りの友達は私を、飄々とした性格と評することが多い。

そんなことを考えながらおじいちゃんを観察していると、突然うしろから声がした。

「あなたがたのための労を惜しむ者など一人もおりません。どうぞ、お望みのものをお申し付けください」

振り返ると、真っ青な軍服に紺色のマントを羽織った男性が歩いてくる。

護衛と見られる数人をうしろに従えているところから察するに……要人か。もしかして王子とか？

「こうして、巫女姫様にお目見えすることができる日がこようとは。この国の王の子、ヴィクトル・コンスタンチリュシューベル・アンストロペダル・カリンと申します」

綺麗なお辞儀をして名乗ったその人は、やはり王子だったらしい。

絵本の中から出てきたような完璧な王子様だ。明るい緑の髪と、同じ色の瞳をしていた。

他の人とどこが違うとは上手く言葉にできないが、動きが綺麗だと思った。さすが王子。

それにしても、名前が……長い。

私たちがこの世界で生きていくならばお世話になることも多い人物だろうし、彼の名前を覚えるべきだと思ったけれど無理っぽい。早々に諦めていると、王子はそのキラキラしい顔をさらに輝かせて笑って言った。

「どうぞ、ヴィクトルとお呼びください」

いや、そんな気軽に呼べないから。もう、王子とか殿下と呼ぼうと密かに心に決めた。

次いで王子は、私たちを部屋の奥にあるソファに座るよう促す。この部屋の中央には、

それぞれ三人ずつくらい掛けられる豪華なソファが向かい合う形で配されていた。ソフ

ァの間には、繊細な細工が施された机もある。

私と陽菜が同じ側のソファに座り、向かいに王子とおじいちゃんが座った。座る前に

自己紹介してくれたところによると、おじいちゃんは神官長らしい。

王子は、この国およびこの世界について説明してくれた。

その話を聞いた私の印象では、こここの世界は中世ヨーロッパみたいな感じだ。

貴族とか神官とかがいて、王が国を支配している。

女性はひらひらした服を着て、男性はキラキラしい軍服のようなものを着ている人が

多いようだ。

この部屋には王子たち以外にもたくさんの人がひかえている。私はそっと周囲を見回

した。

人々の髪や目の色彩はかなりカラフルだから、正確には中世ヨーロッパ風ファンタ

ジーっぽい世界だと言える。目がちかちかするようなパッションピンクの髪色の人なん

て、現実の中世ヨーロッパには多分いない。

ド派手な髪色の人を見て、『うわあ』と思っていたら、元は普通のピンクだけど、おしゃ

れだから染めているのだと言われた……染めなくても充分派手な色だよ？

この世界にも、染髪する文化があるらしい。そういう部分は、元の世界の現代文化に

通ずるものもあって、面白いと思った。

そして、ここは魔法がある世界。私と陽菜以外にも魔法を使える人はいるという。

また、この世界で『黒』は特別な色らしく、黒を有する人間はいないそうだ。

黒は魔を溜め込むことのできる色で、強大で凶悪な力があるのだという。

……って、そうなの？　私と陽菜は、がっつり目も髪も黒いんですけど！

私が焦っていると、黒い瞳と髪を持ち魔力を行使できる人間ということこそが、私た

ちが神の遣いだという証明であると付け加えられた。

陽菜は最高の治癒の力。

私は最強の破壊の力。

魔法を使える人が他にもいるとはいえ、私たちほど強い力を持つ者はいないだろうと

王子は語った。

「貴女がたには、すべての自由があります」

そう前置きして、神官長のおじいちゃんは話を引き継ぐ。

「この世界は巫女姫様たちがいてくださるだけで安定します」

つまり、なにもすることはないらしい。ただ一生を、この世界の安寧のために生きてほしいというわけだ。

神の意志でこの世界に降ろされた私たちを、元の世界に戻す方法などないらしい。この地で生涯を終えてください、と淡々と告げられた。

急にそんなこと言われても！　と、反発する気持ちはあったけれど、目の前の人たちを責めるのは筋違いだ。

先ほどの王子の話から察するに、黒髪黒目の私たちはこの世界では畏怖される存在らしいので、他の場所へ行っても遠巻きに見られるだけで、普通の生活などできないだろう。

事情を知る人たちのお世話になるほかないのだと思った。

おじいちゃんが、「お二人を区別するために」と前置きをして、私のことを『黒姫』、陽菜のことを『白姫』と呼んでもいいかと聞いてくる。

この国には、日本のように「白＝善」、「黒＝悪」というイメージなど、きっとない。

それでも……言われた瞬間の拒絶感は、消せなかった。

なんだか私は否定され、遠ざけられているように感じた。

話が一段落したところで、神官長が手を上げて、誰かを呼んだ。

特に意識せずに振り返って、息を呑む。

無茶苦茶、美しいものが歩いてきたのだ。

「私の補佐です。なにかあれば、これをお使いください」

神官長に紹介された、人形のように整った顔の人物は、銀色のさらさらした長い髪が床についてしまいそうなほど頭を下げた。

「神官長補佐を務めております、ジェシール・スティルローサでございます」

こちらの世界の人は、人に名前を覚えさせる気がないのか。長いし発音しにくい言葉ばかりだし、非常に不親切だと思う。

その補佐の言葉を皮切りに、周りの人たちの自己紹介合戦が始まった。

おじさんから若い人までなんだかんだと名前を告げてくるが、一人として覚えられない。

混乱して、うんざりして、誰にも聞かれないようにため息を吐いたつもりが、陽菜には簡単に勘付かれてしまった。

「とりあえず笑っときなさい。あとは勝手にしゃべらせておけばいいわよ？」

しかも、妙なアドバイスまでくれた。とりあえず笑っとけ——それができたらこれまでの人生でも人間関係で苦労はしなかった。口を突き出して陽菜にそう言ったところ、

やる気の問題だと肩をすくめられた。これまでのことはさておき、はっきり言って、今の状況ではやる気も出ない。

それにしても、なぜこんなにたくさん人がいるんだ。

大勢に見られているだけで、私は疲れて背中を向けてうずくまってしまいたくなる。

そんな私の心情などお構いなしに挨拶が続けられている最中、大きな背中が私たちの前に現れた。

その瞬間、なにやら柔らかな空気に包まれた気がした。

「皆様、今日のところはそれくらいにされてはどうでしょうか。巫女姫様がたは、本日いらしたばかりでお疲れです」

低い声が心地いい。さっき、私の暴走を止めた人だ。この人が近くにいると妙に安心する。なぜだろう。

パステルカラーのようなカラフルな色彩の髪や瞳を持つ人が多いこの世界では珍しく、濃く暗い髪色をした人だった。

「お名前を」

思わず、彼の背中に問いかけた。

口に出してから、しまったと思う。さすがに唐突すぎだろう。慌てて口をつぐんでも、

発してしまった言葉は口の中に戻ってきてはくれない。

その人は、首だけで振り向いて、少し困った顔をしてから、こちらに一礼した。

困らせてしまったと恐縮していると、彼は大勢いた人たちのほとんどをこの部屋から追い出し、改めてこちらに体を向けて挨拶をする。

「名乗りもせずに、失礼いたしました。護衛をさせていただきます、ガブスティル・サルスタルーヌと申します」

右手を左胸に当てて敬礼する姿は、背筋が伸びていてとても格好いい。

「いえっ、こちらこそ、失礼な真似をいたしました」

謝りながらも、彼の名前を覚えようと必死に頭の中で繰り返していた。

私の暴走を止めてくれた恩人だし、この人の名前は覚えなくてはと思いつつも、発音できるだろうかと心配になる。

誰しも、苦手な発音というものがあるだろう。『東京特許許可局』などは大多数の人が発音しにくい言葉であるが、その他にも人によって得手不得手がある。

私は、『ティ』とか『トゥ』が苦手だった。『て』なのか『い』なのか。『と』なのか『う』なのか。微妙な音が出しにくく、すぐ噛んでしまうのだ。

「ガブスティルとお呼びください」

頭を上げた彼に、目を見ながら言われた。

これは……今、ここで呼べと言っているのだろうか。

陽菜に目を向けると、にっこりと笑っている。

「先ほどは助けていただいてありがとうございました。ガブスティル様」

そう言った陽菜に、彼はにっこりと笑った。

「巫女姫様にお礼を言われるほどのことではありません」

初めて彼の笑った顔を見た。私は嬉しくなると同時に、その笑顔を向けられたのが自分ではないことに少し寂しさも感じた。

でも今は、感傷に浸っている場合ではない。私にも言わなければならないことがある

と思い出す。

「ありがとうございました」

陽菜に倣って頭を下げた。

そして頭を上げて彼の顔を見ると、じっとこちらを見ている。

……え～っと。

困って首を傾げてみたり、陽菜に視線を移してみたりするが、彼は私から目を逸らさ

ない。

これは……名前を呼べと、要求されているのだろうか。

困ったなと思っていると、まだこの部屋に残っていた二人——王子とジェシール様が話しかけてきた。

二人に対して陽菜がにこやかに対応を始めたので、私もそちらに目を向けようとするのだが、彼の視線はそれを許してくれない。……なぜそんなに、名前を呼ぶことを強要してくるのだ。

どうしていいのかわからなくなってくる。

それに、どうせこちらを見るのなら、そんな困ったような顔じゃなくて、さっき陽菜に向けたような笑顔がいいと、関係ないことを考えた。

「ガブスティルとお呼びください」

もう一度言われた。

これは、呼ぶべきだ。こうまで名前を呼んでほしいと言っているのだから、きっとこの世界には名前を呼ぶことになにか特別な意味があるのかもしれない。彼は恩人なのだ。

彼がそれを望むのならば、叶えて少しでも恩返ししたい。

そう判断して、私は気合いを入れて言った。

「ガブ……スちる様？」

「…………」

沈黙が落ちた。

くっ……！　やはり、言えなかった。

敗北感にまみれながら彼を見上げたところ、困った顔は崩れていなかった。もう一度挑むべきかと、今度はゆっくりと呼んでみる。

「ガブステル様」

やはり上手く発音できなかった。

思わず、なんでそんな名前なのと、理不尽すぎる文句を言いたくなってしまう。

でも、恩人の名前くらいは……と思いながら、再度口を開こうとした時、今にも笑い出しそうな陽菜の姿が目に入った。

大笑いされる。もう一回呼んで、それでも失敗したら、その場で大笑いされるのは確実だ。だから私は考えた。かくなる上は……

「もう、ガブって呼ぶ！」

潔く諦めることにした。恥ずかしさから早々に敬語が取れてしまったのはご愛嬌といういことで見逃してもらいたい。

これが、私とガブの出会いだった。

　　　　　◆　◆◆　◆

この世界に来て、ひと月が経過した。

朝から晩まで人にかしずかれて、至れり尽くせり。

それに、豪勢な部屋でご馳走を食べて、綺麗なドレスを着て。金銀財宝、宝石も選り取り見取り。イケメン王子に微笑まれて、イケメン護衛に守られて、イケメン神官に跪かれて——息が詰まりそうだ！

陽菜は嬉しそうに歌まで口ずさんでいるが、常に周りに他人がいる生活は私には辛かった。神は、この世界には私たち巫女姫が必要だと言っていたけど、この場所にいなければならないとは言っていなかったはず。ならば私はここを出ても問題ないのではないか。そう考えた私は、自分の生活を作ろうと決意した。自分だけの居場所がほしい。常に周りに人がいるこの敷地内ではなく、市井の人に紛れてひっそりと暮らしたい。

そう思い立って、陽菜に言うと、

「葉菜が傍にいないのは寂しいけど、葉菜の好きにすればいいよ〜」

という呑気な返事があった。

陽菜の了承が得られたので、一人暮らしにはなにが必要か、どうやって準備を進めよ
うか早速考え始めたところ、ドアをノックする音が聞こえた。

王子かジェシール様がやってきたのだろうと思い軽く返事をすると、「伯爵様っ、今
許可を取ってまいりますので、お待ちください……っ!」という護衛の人の慌てた声が
した。

「今、返事をしていただけただろう!」

そんな大声と共に入ってきたのは、中年の男性。この世界の人が派手なのにはこの一
か月で慣れたけれど、その中でも特に派手な格好のおじさんだった。

「白姫様!」

おじさんは、大きな声で陽菜を呼んだ。

その大声に驚いている間に、伯爵は陽菜の足元にすり寄り語り出す。

「ああ、どうぞお助けください。私の娘が怪我をして苦しんでいるのです。その稀有な
力で癒してやってください。是非、我が屋敷へお越しを。白姫様が望む物を、なんで
も準備いたしましょう」

そう言って陽菜の手を引くから、私は彼の手を叩き落とした。

「勝手に陽菜に触らないでください」

「なんとっ……！　私はただ白姫様のお力をお借りしたいと申しているだけです！　この奇跡の力をこんな小さな部屋に閉じ込めて、なんともったいない！」

もったいないという言葉に、私の眉間に皺が寄る。

陽菜が力を振るう姿は一度しか見たことがないけれど、もう二度と使わないでほしいと私は思っていた。とても辛そうだったのだ。力を使い続ければ、陽菜は疲弊して体を壊してしまうだろう。

神は、私たちがいるだけでこの世界の平和は保たれると言っていた。この力で人々の傷を癒してほしいわけではないようだった。

「白姫様、どうぞお願いいたします！」

伯爵は素早い動作でふたたび陽菜の腕を掴み、引っ張って連れていこうとする。

「やめてくださいっ」

陽菜が悲鳴のような声を上げた。

私ももう一度手を出して助けようとしたけれど、彼の従者によって阻まれた。申し訳なさそうな顔をしているから、お付きの人の本意ではないのかもしれない。

遅れて部屋に入ってきた護衛の人たちも陽菜を助けようとしてくれたけれど、そのたびに伯爵は「私を誰だと思っている！」と恫喝して周りを黙らせた。

陽菜が思い切り顔をしかめて助けを求めているのに、私は近付くこともできない。もどかしくて、腹立たしくて――体の中から、外に出してはいけない力が溢れ出そうとする感覚があった。押し留めようとしたけれど、陽菜の様子に気を取られて力を制御(せいぎょ)することに意識を集中させられない。

「これは、どういうことでしょうか?」

その時、ドアを開けてガブが現れた。

すると、私の中の力が静まるのがわかる。

伯爵はガブの姿を認めた瞬間に慌てて言い訳を始める。しかしガブは無表情のまま伯爵をどこかに連れていってくれ、事なきを得た。

……この一件で、私は悟った。ここでの生活はこりごりだけど、陽菜が危険な目に遭(あ)うかもしれないのに、この場所に放って出ていくことはできない。

私が一人で暮らすためにまず必要なもの。それは、陽菜を安心できる誰かに託(たく)すこと。

では、その誰かとは誰なのか――?

こうして私は、陽菜を守ってくれる結婚相手探しに乗り出した。

◆　◇　◆
◆

「で、あの人のこの国での影響力って、どれくらいあると思う？」

私は、通りすがりの可愛い侍女さんを捕まえて神殿の門の傍で話し込んでいた。伯爵が私たちの部屋に乗り込んできた一件から一週間、私はこうして侍女さんたちの暇を見計らっては、陽菜の相手にふさわしい男性を探すための情報収集に精を出している。

王子をはじめ、ジェシール様やガブも陽菜にアプローチを仕掛けているみたいだが、私が認めた相手じゃないと！

「そうですねえ。ジェシール様は神官長補佐というお立場ですし、神殿側からいろいろ国を動かす力はお持ちかと」

侍女さんは、困った顔をしながらも瞳をきらめかせて答えてくれた。なんだかんだ言っても、女性はこの手の噂話が大好きなのだ。

「ふうん。なるほど。その人と結婚するとさ……」

私が続けて質問しようとしていると、道に敷き詰められた小石をざりっと、踏みしめる音が聞こえた。わざとらしいほどに大きな音だったから、私たちの会話をしばらく聞

いていて、出る機会を窺っていたのだろう。

「失礼」

噂話のご本人が登場した。

ストレートの銀髪をなびかせて、同じ色の眉をひそめながら近付いてきたイケメン。

女性と言われても信じてしまうほどの美貌である。

その神官様が白地に銀色の縁取りがある、いつもの衣装でそこに立っていた。

その人が現れた途端、私と話していた侍女さんは悲鳴に近い声で「失礼しますっ」と言って逃げていく。

折角、情報通な侍女さんを捕まえたのに、逃げられてしまった。

「巫女姫様はそういうことを気にするタイプには見えませんでしたが、やはり財産がほしいですか?」

嘲るような視線を向けられても、私は怯まない。

「当たり前のこと聞かないでよ」

刺々しい口調で言う男を、私はムッとして睨み付ける。

「なに、愛だけで生きていけるとでも思ってるの?」

今度は私が彼に嘲る視線を向け、胸を張って言う。

「あなたは生まれながらに恵まれた環境にいらしたようね。当たり前に与えられてきた
もののせいで世間に疎いんじゃないの」

目の前に立つ彼はものすごい長身なので、私は見上げるしかない。見下ろされている
状況にもイラッとしながら、私は腰に手を当ててふんぞりかえって見せた。

すると彼は、嫌悪感を隠せない様子だった。

「しかし、今のような調査を侍女にするのは、あまりにも……」

語尾を濁しはしたが、言いたいことは伝わる。

『あさましい』

続く言葉は、それだろうか。

まあ、どう思われても構わない。どんな手を使っても、誰になにを思われても、私は
一つでも多くのデータを集めたかった。

陽菜の結婚相手となり得る人間のことが知りたかった。

「こっちは健康で文化的な最低限の生活を守るために必死なのよ」

胸を張る私から目を逸らして、イケメン神官・ジェシール様は苦しそうにつぶやいた。

「……たとえ私があなたのお眼鏡にかなったとしても……」

「そりゃそうよ。選ぶ権利はあの子にあるわ」

うんうん。私はしっかりとうなずく。最終的に決めるのは私ではないからね。

「……あの子?」

「そう。あんたが口説いてる、私の妹」

「……」

「財産はありそうだけど、苦労しそうね。いろいろなしがらみがありそうだわ。お薦めできそうにないと判断し……」

少しカマをかけると、ジェシール様は慌てた様子で口を開く。

「いえいえいえ。すごくお薦め物件です。三男なので爵位を継がなくていいし、そのわりに地位はあるし、お金もある」

「それじゃあ、女性との交友関係とか、普段の……」

「清廉潔白です」

「堂々と嘘がつける性格、と……」

「メモしないでください! 私は神官ですよ!? 嘘なんて……」

だって、さっきの侍女さんが言ってたもん。

いわゆる八方美人。誰にでも優しく、誰でも受け入れる。『来る者拒まず、去る者追わず』の典型だって。

私がそんなことを考えている間に、ジェシール様は自分の生活がどれほど清く正しいかを語り始めた。私はそれを、とりあえず無視する。

「次はガブのとこ行こうっと」

と、振り返ったところで、本人が目の前に現れた。

濃紺の髪と同じ色の瞳。護衛という職にふさわしく、いい体をしているし短髪で男らしい。

そして、いつも怒った顔か困った顔をしている。太めの眉毛を吊り上げるか下げるかしているところしか見たことがない。

困った顔は、主に私と対面している時の表情なわけだけど。

「ガブスティルです。略さないでください」

「細かい性格……と」

ついでにそうメモしていると、ガブから困ったように見下ろされた。

「また陽菜様のお相手探しですか。なぜ、このようなことを？ それに、陽菜様のお相手を見つけたあと、あなたはどうされるのですか？」

陽菜にアプローチ中の人から、私の今後を心配されるとは予想外だ。

意外な思いで見上げると、瞳の中に鋭い光があった。

それで、腑に落ちる。私が他国に行く気ではないかと疑っているのか。陽菜と同様に私も強大な力を持っているから、他国へ渡られて国同士の力関係が変わるのを危惧しているのだろう。

でも、この敷地内での生活が息苦しくて出ていこうとしているのに、別の国にお邪魔するわけがないじゃないか。他国に行けば、またその国の偉い人に捕まって城に閉じ込められてしまうに決まっている。私の目標はひっそりと生活することなのだ。陽菜ともすぐに会える場所にいたいし、そう遠くへ行く気はない。

――この力を手にしてから、たくさん考えた。

私が恐れられるのは仕方がないことだと……受け入れたくはなかったけれど、今ではきちんと理解している。

圧倒的な破壊の力。

それが、たった一人の人間の手にある。

それは、敵だけでなく味方にとっても脅威だ。

周りの人々は私のことを、どう扱えばいいのかわからないだろう。怒らせることは決してできない。だからきっと、私が言うことはすべて叶えてくれるはず。私に逆らうことができる人間などいないのだ。

みんな、私の顔色を窺って、ご機嫌を取って……

そんな風に思われながら、人と一緒に暮らすのは嫌だ。私はどこにも属さず、化け物として、他の人間とは一線を引いて、どこかの山奥に籠るべきではないかと考えた。

こんな化け物が、普通の人間と一緒に暮らしてはいけないのだと思う。

私は先ほどのガブの問いに対して、自分の力で生活したいと前置きしてから、言った。

「そもそも私だってね、普通なら妹の相手探しなんてしないわ。だけど、治癒力を持つ陽菜を守れる人間が傍にいなかったら、あの子はどうなると思うの？」

私が言ったことに、ガブはうなずく。先日の伯爵乱入事件のことを思い出す。

私はあの時、とても怖くなった。あんなことが二度とないと言い切れない事実が。力を使えばありがたがられるけど、誰かを大切に想う気持ちは、時に憎悪にも変わる。

応じなかった時には『なぜ、助けてくれないのか』と攻撃されてしまう。

陽菜が力を使う様子を見る限り、力は無限ではなさそうだ。使った分だけダメージを受ける。私だって、力が暴走したあとはひどく疲れてしまった。

もし事故に遭ったり伝染病が流行ったりしたら――人々は陽菜の力を欲するだろう。

その時に陽菜を守り、矢面に立つ人間が必要だ。矢を跳ね返せるだけの地位と権力と金が必要なのだ。

「陽菜には、早急に守ってくれる相手が必要なの。　私は一人でも生きていける。　強いから」

実際、私の攻撃力は半端ない。

さらに言えば、こうして護衛を出し抜いてうろちょろする俊敏性もあるし、私なら一人でも生活は、きっとできる。

一通りの知識を神に授けられているとはいえ、この世界での生活は簡単にはいかないだろうけれど、時間をかければなんとかなると思う。

とはいえ、そういう生活を始めたら、なにか仕事をして収入を得なければならないし、陽菜にずっとついていてあげることはできない。

だから陽菜を、権力を持つ誰かの庇護下に入れようと思ったのだ。

困り顔のガブを見上げていると、うしろからジェシール様の焦ったような声が聞こえてくる。

「お二人はこの世界に必要とされている方々です。　無礼など働くわけが……」

そう言ったジェシール様に、ガブは鋭い視線を向けた。

ジェシール様は、ぐっと言葉に詰まり、続きを言い出せない。

彼も知っているはずだ。　陽菜が伯爵に連れ去られそうになった事件を。

……やっぱり、ジェシール様は論外。こんな人に陽菜は守れない。

　結婚相手となるのは、陽菜に危険をもたらす誰かがいると理解している人じゃないと。神の遣いになにかする者などいるわけがないと思っているような人と一緒では、陽菜は危ない。

　私たちは、それぞれが持つ魔力以外は、本当に日本にいた時と変わらない。陽菜は、腕力も体力もない、か弱い女の子のまま。自分勝手だと思われても、私は、私が安心して一人で暮らしていくために、陽菜を信頼できる人間に任せてしまいたいのだ。

「あなたに逃げられると困ります」

　やけにはっきりとガブが言い放つ。

「困るって、どうして？　他国には行かないんだから、別にいいじゃない。よくわからなくてガブを見上げたら、怒っているようだ。陽菜の前ではにこやかに笑うのに、私の前ではいつも……。嫌な気持ちが湧き上がってくる。泣きそうになってしまったので、わざと強気な表情をして言う。

「今は、おとなしくしているでしょう？　今後のことはわからないけど、ひとまず。そんな気持ちを言外に込め、『今は』を強

調して挑発的に言ってから、とりあえず――

「ガブって、何人兄弟？」

陽菜の花婿候補として、情報収集はしておこう。

ジェシール様とは違い、彼は陽菜の身に危険が及ぶ可能性をきちんと認識している。

貴重な存在だ。

「五人兄弟の二番目です。さあ、部屋に戻りますよ」

「五人⁉　兄弟多いんだね」

私がまだ話しているというのに、肩を抱かれて回れ右させられた。

「そうですね。爵位は兄が継ぐのでありませんが、稼ぎはいいほうだと思いますよ」

護衛って、高給なんだ。巫女姫の護衛を任されるくらいだから、それなりの地位なんだとは思っていたけど。

私の調べたところによると、ガブは小さな頃から魔力が高く、同時に身体能力も優れていたため、早くから近衛騎士団に入団したという。

そこで、どんどん実力をつけ、現在では戦闘能力においてガブよりも上の人はいないとみられる。

地位は、『近衛騎士団長付き補佐官』。ガブはまだ二十八歳と若いし騎士団長の椅子も

埋まっているので、その座が空くのを待っている状態のようだ。

騎士団長になったあとは、順当に軍の司令官にまで上り詰めるだろうと噂されているらしい。つまり将来有望株である。

ガブの兄弟構成は知らなかったので、手帳に新たな情報を書き込んでいると、手元を覗き込んできた。

肩を抱かれたままなので、あまりの顔の近さにびっくりした。

「なんて書いているんですか?」

ガブは、私の手帳を見て顔をしかめた。私たちは、神から与えられた知識でこちらの文章は理解できるが、ガブたちは日本語が読めない。

秘密を書きとめるには日本語で書くのが最良だ。

私はガブに内容を教える気なんてさらさらなく、ただくすくすと笑った。

そんな私の様子を見ながら、ガブも目を細める。

「それで、私はお眼鏡にかないましたか?」

「まあまあね」

私がわざとらしく手帳を振りながら答えると、ガブは私の手を捕まえて「では、今後ますます努力しましょう」と、言った。

◆　❖　◆
◆

「葉菜！　どこに行ってたの！」

部屋に戻ると、ムスッとした陽菜がいた。

「陽菜の結婚相手を探しに」

陽菜はちらりとこっちを見て「ああ、この間言っていたこと？」と呆れた表情を見せる。

そして忌々しそうに、私のうしろに立つガブを睨みながら言い放った。

「なんで葉菜が出歩いたからって、私が文句言われなきゃなんないの。心配なら首輪で

もつけとけばいいのに」

どうやらガブは私と会う前にこの部屋へ来たらしく、私が勝手に出歩いていることに

ついて陽菜に苦言を呈したようだ。

「首輪⁉　そんなわけないでしょ⁉　それで、二人はどうして一緒にいるの？」

突然首輪とか言い出すから、驚いちゃったじゃないか。

「そういう趣味が……」

「情報収集してたら、ガブに捕まった」

くるりと振り返り、ガブを恨みがましく見上げると、冷たい視線が降ってきた。怒っ
てらっしゃるようだ。

「あら。男性の情報収集をする葉菜を見るガブスティル様の反応が面白くって放ってお
いたんだけど、ついに力ずくでやめさせられたのね」

片方の手を口元に当てて、陽菜がにんまり笑う。

私は真面目にやっているのに、陽菜にしてみれば面白いことらしい。

陽菜と私は同じ顔をしているが、性格は……いろいろと違う。

例えばなにか困ったことが起きた時。陽菜はまず悲しそうな顔をする。そして、誰か
に助けてもらう。決して自分で解決しない。そっちのほうが楽だからだそうだ。

陽菜は頭がいい。特に悪知恵が働く。

それから、可愛らしい仕草というやつを研究し尽くしているらしく、かなりモテる。
ストレートの黒髪を、シャンプーのCMモデルくらいよく手入れしていて、周りからは
清楚なイメージの美人と思われている。

性格は社交的で、いつも笑顔を絶やさない。みんなの中心にいるようなタイプだ。

対する私は、寡黙……らしい。そんなつもりはないのだけれど、黙って勝手に行動す
る一匹狼タイプだとよく言われる。それから、考えるより先に行動する癖があり、学

生時代の成績表には『よく考えて行動しましょう』というコメントを先生からもらうことが多かった。

私は、大人数の中にいることは苦手だ。自立心も人一倍強く、誰かに頼りながら生きるのは不安に感じる。

こんな風に私たちは、顔の作りは瓜二つだけどまったく違う。だから陽菜の結婚相手を探しているのだ。

けれど、陽菜は無理だろう。私は一人で生きていけるけど。

でも陽菜には私の真剣さがまったく伝わっていないようだし、せっかく集めた情報は無駄になるかも……

そんな私の思考を呼んだのか、陽菜が私を見て、いたずらっ子のように小さく舌を出した。

私はとりあえず、集めた情報を書いた手帳を陽菜に広げて見せた。

さっきまで興味なさそうだったくせに、手帳は見たいらしく、ニコニコしながら覗き込んでくる。

「へえ。こんなによく調べたね。何人に話しかけたの？」

「十人くらいかな？　会う人会う人、みんなに聞いた。お薦めは誰ですかって」

そう言うと、陽菜は「頑張ったね」とつぶやいた。私が知らない人に話しかけるのが

苦手なのを知っているから、驚いたようだ。

私たちが暮らすこの場所は、神殿の一部ではあるものの王城との境目に位置する離れ
みたいなところ。だから、この辺りは神殿の人間も王城の人間も通るので、実に多様な
話が聞けた。

「やっぱり、評判がよかったのは、王子と、ジェシール様とガブかな」

「ぷはっ。なに、王子の名前の　（略）　って」

陽菜が手帳の一か所を指さして笑った。

「長い」

「ヴィクトル・コンスタンチリュシューベル・アンストロペダル・カリンよ」

「え、言えるの⁉　やっぱり、陽菜は王子がいいってこと？」

「ん？　ん～……」

考え込む陽菜を見て、まだこの人と決めることはできていないようだと思う。私がこ
の神殿から脱走できる日は遠い。

しばらく考え込んでいた陽菜が、ふと、思い付いたように顔を上げて言う。

「ガブスティル様、かな？」

陽菜が、意味ありげな目つきで私を見てきた。

だけど、私は陽菜の表情の意味を考えるより先に、その名前が出てきたことに驚いた。

「ガブ!?」そしたら、ガブについて、もっとちゃんと調べればよかった。評判はよかったよ〜」

ガブは強いし、陽菜を守ることができるだろう。稼ぎもいいと言っていたし、金銭面でも不安はない。

しかも、ルックスもいいしモテないはずはないのに、女性遍歴も綺麗そうだった。

陽菜はガブに対して、にこにこしながらも当たり障りのない会話をしているように見えたけれど、もしかしたら照れて深く話せなかっただけなのかもしれない。

ガブも、陽菜に対してはいつも笑顔を絶やさない。

……私と話す時は、無表情なことが多いのに。または困った顔。そんなガブの困り顔を思い出した途端、ツキンと胸が痛んだけれど、気付かないふりをした。

そして私は振り向いて、背後に立つガブに声をかける。

「ガブ! よかったね。今、一番結婚成就に近いよ!」

「……」無表情だった。

「なによ、少しくらい嬉しそうな顔したらいいのに。つまらないなと思う。私が文句を言っても、眉間

あるいは赤面するかと思ったのに。

に皺を寄せるだけで微動だにしなかった。

「いや……本当にごめん。ここまでとは思わなかった」

そう陽菜に声をかけられたけど、まったく意味がわからない。不思議に思って陽菜の

ほうに向き直ると、陽菜は両手で顔を覆っていた。

「なにが?」

と陽菜に聞くと、「葉菜とは、しばらくしゃべらない」とそっぽを向いてしまう。

私は陽菜の理不尽な言葉に、なぜだかいつもよりも苛立っていた。

そんな微妙に険悪な私たちの会話が一段落ついたことに気が付いてか、ガブが声をか

けてくる。

「それでは、訓練の時間にしましょう」

その言葉に、私は手帳を閉じて気を引き締める。

ガブが私たちの部屋を訪ねてきた本来の目的はこれだ。私が魔力をコントロールする

訓練のため。私は、感情が高ぶると力が暴走して人を傷付けてしまう可能性があるから、

きちんと使いこなせるようにならないといけない。

私は姿勢を正し、ガブに頭を下げる。

「よろしくお願いします」

ガブは、この世界に来てすぐに暴走した私の力を抑え込んだ。

魔力自体は私のほうが圧倒的に強いらしいけれど、本人が制御できていない場合、他人が抑えることもできるという。怒りに任せた衝動を抑えるのは、駄々っ子を宥めるようなもののようだ。

――ガブは私がトリップしてきたその日、力についてこんな風にも言っていた。

『葉菜様が自分の身に溢れる力の使い方を知らないことは、ある意味、罪である。しかし、それは仕方のないこと。葉菜様を喚び出した我々の罪でもある』

自分の意思とは関係なく召喚されたのだから、勝手な言い分にも聞こえる。でも、彼があまりにも淡々と言葉を紡ぐから、不思議と反感を抱かなかった。

次いでガブは、私にこう言ったのである。

『しかし、二度とこのような事態を起こしたくないと思ってくれるならば……』

私の頭を撫でながら、顔を覗き込んできた。

『私は、それを手伝おう』

力の使い方がわからないならば、覚えればいいと、無表情に言い放ったのだ。

そんなことができるのかと問うたら、『わからない』という、なんとも適当な答えが返っ

てきた。

目をぱちくりさせてガブを見ると、彼は目を細めて私を見た。

『力の暴走は、葉菜様が落ち着くことによっておさまった。それならば、力を使い慣れて精神を落ち着けられるようになれば、暴走しないのではないかと思うのです』

力を使ってはならないと怖がって抑え込むよりも、コントロールする方法を考えるほうが建設的だとガブは言った。

周りの人を傷付けたという事実は消せないけれど、ガブの言葉は、私を救い上げた。

──それから毎日、彼に魔法の使い方を教わっている。

今日もまたいつもの中庭へ行き、二人で訓練をするのだ。

私たちが暮らす建物の裏手には、花壇と木々に囲まれた小さな中庭がある。ここは、静かにお茶などを楽しむための空間らしい。

そこにガブが結界を張り、私たちは訓練をしていた。

「いいですか？　大丈夫、私がいますので、ゆっくり……そう」

ガブは、うしろから私を抱きかかえるようにして両手を握り、力を引き出していく。

最初は、自分の中から力が出ていく感覚が怖くて仕方がなかった。気を抜けば、私の

周辺が荒野と化してしまいそうな気がして。

私の震える手から、小さな炎が立ち上る。

「体の中からゆっくり力を出して、少しずつ大きくします。感覚を覚えてください」

私の体内から、熱いものが指先に集まっていく。その感覚にはいまだ慣れなくて、我慢しても、呻くような声が喉から出てしまう。

ようやく、小さな炎が私の指先に灯って……だけど、これ以上は無理だと思って、力を抜いた。

「もう少し長く保てませんか？」

息切れして、指先が震えているというのに、ガブは無情にもそんな言葉をかけてくる。

「できるなら、そうするわよ」

脱力し、背中をガブに預けて、私はガブを見上げる。するとガブは困ったような顔をしていた。私はムッとして眉間に皺が寄ってしまう。

ここまでできるようになっただけでも、自分的には上出来だと思うのだ。まあ、成長速度が呆れるほど遅いのだろうが、長い目で見てほしい。ものすごく体力を使うし、失敗して暴走したら……という恐怖心との戦いもある。

するとガブは、長い指を私の指に添わせ、手を開かせた。

その手の動きが気持ちよくて、ガブに寄りかかり、されるがままになっていた。

「……もう一度できますか？」

ぼんやりしているところを耳元でささやかれて、体が跳ねた。

「──できるわ」

体が反応してしまったことを誤魔化すように、顎を上げて傲慢に言い放った。

息を吸って、背筋を伸ばす。

また両手を前に突き出すと、それに添うようにガブが私の両手を握る。

「力の流れを感じて。葉菜様のものでも、私のものでもいい。それがゆっくりと……明かりになる」

私の指先に、今度は炎ではない明かりが灯った。ガブが出したのかと思ったけれど、確かに私の中の力が動いたのを感じる。

「この明かりは風船です。ふわふわと舞い上がる。ゆっくり上へ……」

ガブの言葉通りに想像すると、明かりは手から離れて上がっていく。そして、しばらく上がったところで花火のように散った。

はあっと大きく息を吐くと、ガブは私の頭を撫でてくれた。彼の腕の中で見上げたら、いつものように困った顔をしているけど、仕草から察するによくできましたと思ってく

れているのかもしれない。

——私は、この瞬間が一番好きだ。

ガブが私に優しく触れてくれる瞬間。相変わらず笑ってはくれないし、なにを考えているのか本心はわからないけれど、大切に想われている感じがするから。

「力が入りすぎですね。もう少し肩の力を抜いてください」

そう言って、ガブは私の肩を引き寄せる。

抱きしめられているような形になり、私は固まってしまう。

「疲れましたか?」

ずっと気になっていたことだけれど、彼はボディタッチが多い。自分の頬に逞しい胸を押し付けられて、ときめかない女なんているのだろうか。どういうつもりでこんなことをしているのか。

「別に」

だけど平気なふりをして、ぶっきらぼうに答えた。

私の強がりなど知る由もないガブは「そうですか。だったら、次は……」と淡々と言い放つ。

「疲れているに決まっているでしょう⁉」

休憩なしで次の課題に移ろうとするガブを勢いよく見上げて叫んだ。

なんでもないふりをして流そうかと思ったけれど、ダメだ。もうヘトヘトで、このまま訓練続行なんて無理！

私を無表情に見下ろしながら、ガブは『ようやく本心を言ったか』と言うようにうなずく。

「わかっていますよ。でも、正直におっしゃらないから」

そうして、わざとらしくため息を吐いた。その態度にも私はムカムカしているというのに、噛んで含めるようにゆっくりと説明する。

「いいですか？　体調などは正直に言っていただかないと困るのですよ」

『物わかりが悪いな』と言外に含まれたのだと感じ取った。

「悪かったわね！　疲れているわ！　だけど、誰かさんのせいで言い出せなかったのよ」

「人のせいにしないでください」

私がどんなに声を荒らげても、ガブは淡々と無表情に言葉を返してくる。

それが、まったく相手にされていないようでまた腹が立つ。

だけど、声と表情とは裏腹に、彼の手はいつも限りなく優しい。私を軽く抱き留めて、広い胸に私を寄りかからせてくれるし、いつまでも頭を撫でてくれる。それだけで私は、

全身の力が抜けていく。彼の手からは、癒しの力が溢れているのかもしれない。

「……もう少し」

「承知しました」

声の調子からガブが笑ったように感じられたけれど、彼はそっぽを向いてしまったため、表情を見ることはできなかった。

覗き込んで表情を確認しようと視線を巡らせた時、陽菜がこちらに近付いてきていることに気が付いた。

ガブに寄りかかっている私を見て、陽菜が驚いたように駆け寄ってくる。

「葉菜、疲れたの？　大丈夫？」

陽菜が私に手を伸ばして、自分のほうに引き寄せた。

なにげない仕草だったけれど、陽菜は多分、私とガブを引き離したかったのだと思う。

「まだ訓練中なのですが」

ガブが陽菜に声をかけると、陽菜はにこやかにガブを見上げる。

「葉菜にあまり触らないでください」

その言葉に、陽菜が私に嫉妬をしているのだと思った。

「葉菜様は力を使われてお疲れのようです。もう少し私が支えていたほうがいいかと」

ガブは私に向ける表情とは一転、笑みを浮かべて陽菜に答える。

その笑顔を見たら、急に泣きそうになってしまった。いつもの光景なのに、胸がギュッと詰まる。二人だけの訓練の時間が終わってしまった寂しさもあるのかもしれない。

治癒の力を持つ陽菜は、私と違って訓練を必要としない。もっとも、疲れるからという理由で、トリップした直後以外に力を使ってはいないはずだが。

私は陽菜の器用さを羨ましく思ったものの、それで沈んでいる暇はなかった。だって、力の使い方をちゃんと覚えないと誰かを殺してしまうかもしれない。

それを防ぐために、ガブにもすごく時間を作ってもらっている。

気が付けば、いつも傍にはガブがいた。

私の力を制御できるのが彼しかいないから、仕方なしにそうしてくれているのかもしれない。

だけど、私にとっては、彼が傍にいてくれること自体が安定剤になっているような面もある。申し訳なくて——でも、嬉しくて。

毎日毎日、時間を取ってもらって、やっと少しずつ力を制御できるようになってきた。

壊すだけしか能のない私の力だけど、もしかしたらなにかの役に立つのかもしれないと

思えるようにもなってきた。これなら、いつかは一人でも暮らしていけると自信を持てるようにも……

でも、その自信を与えてくれた人は、私には笑顔を向けない。

私の双子の妹にだけ、その優しい笑顔を向けるのだ。

胸の奥底に封じ込めていたはずの黒い思いが、ひたひたと溢れ出る。

──トリップする前、周りの人たちから『彼氏いたことないでしょ』と何度となく聞かれた。

ええ、ないですね。好きになれそうだと思った人はみんな、陽菜が好きだったから。

だから私はいつも、明確に恋心を抱く前に諦めてきた。傷付きたくなかったし、それでも好き……というほどではなかったから。

──こんな気持ちになったのは、ガブ以外いない。

傷付くかもしれないとわかっていても、諦められない。

陽菜がガブのことを気になると言った途端に自分の想いを自覚するだなんて、とんだ間抜けだ。

しかも、陽菜はこの世界にとって貴重な力を持っている。私のは、ただの爆弾だけれど。

どちらと一緒にいたほうがいいのかなんて、わかりきっている。

──初めて手のひらから炎を出現させ、自分の意思で消すことができた時、嬉しくて嬉しくて、彼を振り返った。

「できた」と言う私に、ガブはいつもの困った顔でうなずいただけだった。

その時、すぐ傍で「やったね」と歓声を上げた陽菜には、微笑んでいたのに……

私の前ではいつも緊張した顔をしている彼。

陽菜の前でだけ、いつもにこやかな表情の彼。

「葉菜様?」

ガブがいつも陽菜に対してにこやかに接していることに気付き、『ガブもやっぱり陽菜がいいの⁉』という叫びが溢れ出しそうになった。

そして、陽菜の選ぶ人が、ガブかもしれないと知りドキッとした。

「葉菜、どうかしたの?」

私の様子がおかしいと心配してくれる陽菜の目を見ることができない。

口を開けば泣きそうで、優しい二人の声が辛かった。

「私が抱き上げましょう」

「そういうのはセクハラよ」

陽菜とガブが笑いながら話している。

そのことに無性にイライラして、どうして私には笑ってくれないのと考え出したら止まらない。

彼に触れられることに、抱きしめられることに喜びを感じてしまった。

陽菜が彼を好きでもいい。ガブが陽菜を想っていても構わない。できる限り、こうして長く傍にいたいと願った。

私は、陽菜が好きで、ガブも好きで、二人がいっぺんに幸せになれるなら、これ以上のことはないと思う。

それなのに……こんなに自分が嫉妬深いだなんて、初めて知ったのだ。

2

その日の夕方。食事の時間になると、王子が私たちの部屋へ呼びにきた。

今日も相変わらず、長めの緑の髪をなびかせて、キラキラしい外見である。

この世界の人々は軒並み長身だが、中でも王子は背が高く、彼以上の人は今のところガブくらいしか見たことがない。

スラリとしたスタイルで、けれど鍛えられているのがわかる太い腕。実にスマートな身のこなしで、自然に陽菜の手を取って、甲にキスを落とした。

「やあ、陽菜、陽菜！　今日も美しいね」

「まあ」

陽菜が頬を染めるけれど、私はじっと、そのイケメンを見ていた。どうせ私は陽菜のついでだ。

王子は、特に私の返事を必要としていない。

時々にこやかに私を見ることはあるけれど、基本的に陽菜に甘い視線を注ぎ続けている。

「葉菜、そんなにじっと見られていると恥ずかしいよ」

王子は私に営業用スマイルを向けてきた。

「ああ、すみません。不躾でした」

一応、謝る。

多分王子は、私が王子のことを好きになって、それを知った陽菜が私のために身を引いたらどうしてくれると考えているのだろう。この王子、柔和な印象を与えるが、実際には腹黒で読めない人だ。このひと月、彼を観察した結果、私はそう判断していた。

——今日の昼間、陽菜の言葉を聞くまでは、結婚相手として最有力なのはこの王子だと思っていたんだけどな。

一番の権力者だし。多分、金持ちだし。

そんなことを考えている最中も、王子は私に構わず、ひたすら陽菜を口説いている。

王子なんだから、そんな回りくどいことをしなくても、権力で結婚に持ち込めるのではないかと思い、以前、単刀直入に聞いてみた。すると『神殿も関わってくる話だから、そう簡単にいかないんですよ』と、頭の悪い子を諭すように説明された。

この王子、本当に性格が悪いな。『君を馬鹿にしている』とゆっくりと丁寧に教えられた気分だ。大変ムカつく奴だと思う。

そう思いながら王子を眺めていると、ドアの外で軽やかな足音がした。

しばらくすると軽くドアをノックし、ジェシール様も部屋に入ってくる。

先ほど侍女さんと一緒に居合わせた時、私の質問に不快そうに眉根を寄せていたのは別人のような笑顔だった。

「陽菜様！　今日は夕食をご一緒させてください。よろしいですか？　葉菜様」

私を忘れていたなら、そのままでいいから。思い出したように名前を付け加えるな。

ジェシール様は一見クールに見えるイケメン顔を、陽菜の前でだけ甘く蕩けさせる。

ここの男性陣は露骨に態度に出しすぎじゃないかな？　これがこちらの世界の文化なのだろうか。

夕食の席には、今日みたいに王子が同伴したり、ジェシール様がいたりする。

他にも陽菜と共に食事をしたいと言う男性はもちろん多いのだが、この二人がいると、それは無理だ。王子と一緒に食卓を囲める者の身分は限られる。

ジェシール様は神官長補佐だから、王子も拒否はできないらしいのだ。

ちなみにガブは、身分的には難しいのだろうが、護衛なので食事の時にも同じ室内にはいる。

この三人が、陽菜の気を引こうと、あれこれと話しかけ、攻防戦が繰り広げられている。

陽菜がそれぞれに話しかけられ、微笑みかけられる様子を見ながら食堂まで向かい、席に着く。

陽菜の両隣には王子とジェシール様が座り、私は陽菜の向かいの席に座った。陽菜は両側から話しかけられて、さらに護衛のために立ってる奴には見つめられて、さぞ食べにくいだろうなあと思いながら私は淡々と食事をいただいていた。

――この高スペックな求婚者たちから、結局、陽菜は誰を選ぶだろう。

いろいろ調査してみたものの、結局、すべてがハイクラスで、誰を選んでもいいと思う。

名前が長いことと性格以外は完璧で、最有望株の王子。

見た目は一番だと思う神官長補佐のジェシール様は、王子と並ぶほどの権力を有しているようだ。

身分等は他二人に劣るものの、強さは一級品の近衛騎士団長付き補佐官。守るという一点で考えた場合、ガブに任せれば間違いないだろう。

本当に、誰を選んでもいいと思っていたのだ。

……今日の昼間、自分の気持ちに気が付くまでは。

嘘。本当は、ずっとずっと前から気が付いていたのに、気が付いていないふりをし続けていた。そうでないと、息もできないほどの嫉妬に苦しめられると、無意識のうちにわかっていたのかもしれない。

王子とジェシール様を見ながら、私は陽菜に調査内容をまとめた手帳を見せた時のことを思い出していた。

陽菜が、ガブの名前を出した時の衝撃。

その時は、陽菜が相手を決めてくれて嬉しいと思おうとした。

でも、思えるはずがなかった。

彼に笑顔を向けられる陽菜が、羨ましくて仕方がな

もう自分を偽ることはできない。陽菜がガブを好きだと知り、私は落ち込んでいる。

陽菜は、王子を選ぶと思っていた。

ガブがフラれるのを喜んでいたわけではない。──だけど、望んではいたのかもしれない。

私はガブに、この世界でずっとお世話になってきたから、ガブが愛する陽菜と幸せになるならば、反対する理由はない。

戦争を止めるために呼び出された巫女同士が争うわけにはいかないし、私が黙って身を引けばいいだけの話だ。私は、この場所に必要ない。

──そうしたら、この二人がフラれるのか。

陽菜を挟んで、楽しそうに食事をする王子とジェシール様を眺める。

ふーーっと、自然と大きなため息が出た。

ふと、私のうしろにいたガブが、陽菜の背後に回った。

どうしたのかと思ったが、陽菜にはガブの行動の理由がわかったらしい。

「そこにいらっしゃっても、視界には入りませんわよ?」

「……それはわからないでしょう?」

陽菜の挑発するような口調に、ガブが気に入らなそうに答えた。

ガブは、王子とジェシール様に嫉妬したのだろう。だから、陽菜の傍に移動したに違いない。

私は大きく息を吸って、こぼれそうになる涙を必死で呑み込んだ。

もう、陽菜とガブを見ていることもできない。

「ほら、無視された。可哀想」

うふふと、陽菜は小鳥がさえずるような可愛らしい笑い声を上げた。

それに応えるガブの笑い声なんか聞きたくなくて、私は二人の話を遮るように声をかけた。

「ご馳走様でした。陽菜、先に部屋に戻るよ」

「うん。葉菜、気を付けてね」

「……？　うん」

気を付けるって、なにに？　城内で危険な目に遭うことなんてほとんどないだろう。

陽菜の言葉に違和感を受けつつ、立ち上がった。今はこの場から逃げたい。

そう思っていたのに、するっと横にガブがついてくる。

「あ、ごめん。私はいいから、陽菜についてて」

そういえば、ガブは私の警護もしないといけないから、陽菜と離れると手を煩わせて

しまうのだった。ガブが私についてくるとなると、陽菜用にもう一人警護を配置しなければならない。

私の力が暴走した時に止められるのはガブしかいないので、必然的にガブが私についてくることが多い。

結果的に、ガブが陽菜の傍にいることを邪魔する形になってしまっていたわけだ。ガブだって陽菜のことが好きなのに、ライバルの王子とジェシール様と一緒にいる場から自分だけ退散しなければならないのは辛いだろう。私は気を遣ったつもりでそう言ったのだけれど、なんだか気に入らなそうに睨み付けられてしまった。

……もしかして、この機会に私がここから脱走しないかと疑っているのかも。

「今日はまだ、逃げないから」

昼間話したことを思い出し、泣きそうになりながらもおどけてみせる。するとガブは、眉間に皺を寄せて、さらにこちらを睨み付けてきた。

「いえ、少々お話があります」

話？　怒られるようなことは、していないと思うのだけれど。

まったく見当もつかないものの、ガブの怒りの表情にビビりながら、うなずく。

そうして陽菜たちに退室の挨拶をしてから、食堂をあとにした。

部屋から出る時に、「まあ、意地悪しすぎちゃったかしら?」と、舌を出している陽菜が見えたが、まったく意味がわからない。

かくして私は、不機嫌なガブと私たちの部屋へ向かうことになった。

「葉菜様は、殿下がお好きですか?」

私たちの部屋へと歩きながら、ガブがいきなり聞いてきた。

突然の質問に驚いてガブを見上げながら否定する。

「はあ? いや、ないよ。ない。王妃なんて役割、担うのも嫌だし」

「先ほど殿下を、じっと見つめられていたようでしたので」

「……!」

気付かれていたのか。

王子とジェシール様を見て『この人たちも、私と同じように失恋なんだなあ』とか思いながら、ちょっと切なくなっていたのだ。その表情を見られていただなんて、ものすごく恥ずかしい。しかもなんか勘違いされているなんて、さらに微妙である。

「王妃という役割がなければ、殿下と添いたいと?」

「だから、ないって」

しつこいな！

この話題、一刻でも早く終わらせられないかな。さっきまでの自分が考えていたことを思い返すと恥ずかしすぎて、顔が熱くなっているのがわかった。

くっそ、多分、顔が真っ赤だ。柄でもないと思う。

——それにしても、どうして私は陽菜と同じ人を好きになってしまったのだろう。陽菜は私にとって、大好きな唯一の肉親。両親が亡くなってから、ずっと二人で力を合わせてきた。

恋だのなんだのが理由で憎むようなことになりたくない。

陽菜との関係がぎこちなくなったりしたら、私は、もう笑えなくなってしまう。

この世界で一番失ってはいけない人は、陽菜だ。

「では、ジェシール様？」

尋問のようなガブの言葉に、イライラしてきた。この質問になんの意味があるのだろう。

陽菜を口説きたいのなら、私なんて放っておいて口説けばいい。

顔が熱いまま、ガブを睨み上げた。こういう時、身長の差が恨めしい。小さな子が大人を睨み付けているような絵面になってしまう。

「なんなの？　違うと言ってるでしょ？」

恥ずかしさもあって、八つ当たり気味に返事をした。

「お二方を見る時、見たことがないような切ない表情をされていたので」

無表情に返された言葉に、一瞬息が止まった。

なんだって、そんなことに気が付いてんの⁉

途端に頭に血が上る（のぼ）のがわかった。音がしそうなくらい急激に顔に熱が集まって、顔から火が出そう。

陽菜が好きなら、陽菜だけ見ていればいいのに！ ――私も見ていてくれたなんて。

たったそれだけのことに喜びを見出して（みいだ）しまった自分が情けなくて叫んだ。

「うるさいっ！　放っておいて！」

恥（は）ずかしさと怒りで動揺して、力が飛び出してしまった。

ピヒュッ。

軽い音と共に、チッと、舌打ちが聞こえた。

顔を上げると、腕に切り傷を負っているガブがいる。

ガブの腕から流れる一筋の血を見て、私は気が遠くなりそうだった。

私は、今、なにをした？

熱かった顔から、一瞬にして血の気が引いた。

こんなくだらないことで力を発動させて、人を傷付けるだなんて。

「油断しました。私の未熟さの責です」

無表情で告げる彼の言葉に、泣き出してしまいそうで声が出せない。私は首を振ることしかできなかった。

必死で首を振る私の顔を、彼が心配そうに覗き込んでくる。その顔に、さっきまでの怒りの色はなかった。

「私が他のことに気を取られていたせいで負った傷です」

普段ならば、軽く避けられた。あなたのせいではないという言葉に、丸ごとのっかってしまいたいけれど、こんなに尽力してくれた人にする態度ではない。

「あなたが気にしなければならないことではない」

苦々しい口調で言う、ガブの腕を取った。

「ごめん……陽菜のところに行って治癒を……」

「いえ。必要ありません。かすり傷です」

「でも、血が出ている。私が、傷付けた。

「別に痛くもないから……泣かないでください」

「ごめんっ……！」

頬を流れる涙を優しくすくい取られて、嗚咽をこらえられなかった。

私は完全に人間兵器だ。しかも、コントロール不能の。

山奥に。森の深層部に。無人島に。

――お願い、私を一人で放り出して。

「……では、治療してください」

ガブの声に、俯けてしまっていた顔を上げた。

「あ、うん。陽菜のところへ……」

「陽菜様のお手を煩わせるまでもない。消毒薬で充分です」

「あ、そか……」

陽菜の体のことを考えて、治癒術をなるべく使わせたくないと思っていたはずなのに、咄嗟に頼ることを考えてしまっていた。

でも、そうだ。普通、治療と言ったら薬だ。ところで、消毒薬ってどこにあるんだろう。私たちの部屋にはない。

「私の部屋に来ていただけますか?」

「ああ、うん。いいよ」

そうか、護衛という職業上、怪我をすることも多いだろうし、ガブの部屋にはそういう薬が常備されているのだろう。

そしてガブは、私の罪悪感を軽くするために、自分でも治療はできるけれど、私に手当をお願いしてくれたのだ……と思った。

3

うん、私の罪悪感を軽くするために、私に手当をお願いしてくれたのだ。

きっとそのはず。

大事なことなので二回言いました。

「あれ？　この体勢おかしくないかな」

「そうですか？　一番やりやすい体勢でしょう？」

そうか。――そうなのか？

目の前には、傷付いた腕がある。

それはいい。

私が包帯と薬を持っている。

それもいい。

だけど、私が座っているのが、ガブの膝の上なのは……なぜ？

ガブがうしろから私を抱きかかえて、私のお腹の前に腕を回して抱き寄せている。

「患部が近くなって、治療がしやすいと思います」

「な……なる、ほど？」

体の密着度が半端ない。こっちの世界ではこれが一般的なのか？

背中にはガブの体温を、耳には彼の吐息を感じる。

——まずい。顔が熱い。さっきよりも熱い気がする。

治療のためだというのに、ガブの体を意識してしまう自分が申し訳ない。

これ以上ガブに迷惑をかけるわけにはいかない。さっさと終わらせようと、消毒液を

ささっとふりかけて、包帯を腕に当てた。

血は出ているけれど、ガブが言っていた通り、あまり深い傷ではなさそうだ。

ちょっとほっとして、手際よく終わらせようとしていたのに——

「……痛い。もう少し優しくしてください」

ガブの弱った声に、びくりと体が跳ねた。

しかも、痛みがひどくて力んだのか、私を抱き寄せる腕に力がこもった気がする。

「えっ、えっ？　痛いの？」

聞けば、私の肩口にガブの頭が下りてきて、こくこくとうなずいている。なんか、頬

ずりされているような気分だ。

「やっぱり、陽菜のところへ行こう。痛みが長引くなんて……」

さっき私が飛ばした魔力が、傷口に悪い作用を及ぼしているのかもしれない。

急いで彼の膝から下りようとしたけれど……動けなかった。

「ちょっと、ガブ。離して」

「無理です」

「そんなに痛いのっ？　それなら陽菜を呼んでくる」

「嫌です。あそこには、殿下とジェシール様がいる」

間髪容れずに返ってきた言葉に、目を瞬かせた。

「だったら二人は連れてこないから、陽菜だけここに呼んできて……」

そう言いながら、よいしょよいしょと彼の腕から抜け出そうと体をよじった。

「──最悪です」

「ちょ……っ？」

苦しそうな声がして、ちゅ……と、濡れた音が首筋で響いた。

なになになに？　なにしてんのっ？

痛がっているはずの腕が動いて、抱きしめられてしまった。

「ようやく部屋に連れ込めたのに、まったく意識してもらえないなんて」

「はあ？」

両腕でお腹を抱き込まれて、まったく動けない。仕方なく、駄々をこねるようなことを言うガブに、首だけで振り返る。

――まずった。

鼻が触れ合うほど近くに顔がある。驚きすぎて固まった。

思考回路がショートして、なにも考えられない。

「キスしてもいいですか？」

「ダメでしょ！」

どうしてそんな、わけわかんないこと言うの！？

「葉菜様……したい」

ちょおっとおぉ！？

私が返事をする前に、頬や目元、鼻の頭にキスされる。ちゅちゅちゅと軽く、顔中にガブの口づけが降ってきた。

男の人にこんなことをされるのは、生まれて初めてだ。緊張と驚きで、痛いほど胸が

高鳴る。

ていうか、あれ？　ちょっと、腕が痛いとか嘘だったんでしょう。　痛いはずの腕に思いっきり力を込めて、私を拘束してくる。

「陽菜、陽菜はっ？」

ガブは陽菜が好きなんじゃないの？　なんで私にキスをするの!?

混乱する私を無視して、ガブは気に入らなそうに眉根を寄せたまま顔を近付けてくる。

「彼女はまだ食堂でしょう。　殿下たちといるので放っておいたらいい」

それは嫉妬的な言葉？

陽菜が他の男と一緒にいるのを思い出したくない、というような……

それならなおさら、なぜ私の頬を舐めるの!?

彼の吐息が耳を掠めていって、反射的に声が出そうになってしまった。

本当、なにしてんのっ！

「きっ、気になるでしょ？　陽菜が」

「……？　別に」

なぜ、そこで彼女の名前を出すのかわからないと言いたげに、ガブは首を傾げた。

「……へ？」

「白姫だから警護していますが、芝居がかった仕草が少々苦手です」

——あ、あれ？

じゃあ、いつも陽菜にだけ向けていた笑顔の意味は？　私にはいつも無表情だったのに。

「あなただけど、一日中一緒にいたい……。こうして触れ合って」

いやいやいやいや。ガブさんや、ちょっと落ち着いてください。

私の頭がついていっていってないので、抱きしめないでください。ああぁ、押し退けるには力が足りないっ。

頬に唇が落とされるたびに、首筋を舐められるたびに、私の力は抜けていく。

「ふっ……んっ、ダメってば！」

我慢していた恥ずかしい声が、吐息と共に出てしまった。その声を聞いたガブが、首筋に吸いついてきた。

ガブを止めようとしているのに、どんどん体から力が抜けていってしまう。

本当、どういうこと？　頭の中も心の中もぐちゃぐちゃで上手くまとまらない。

ガブは陽菜を好きじゃなかった？

陽菜ではなく私を好きだと言ってくれているの？

こんな不愛想で、身なりに構わない女の子らしくない私を選ぶはずがないと理性が叫ぶ。

——なのに、見つめられる熱い視線が嬉しくて、そんな自分が嫌になる。

ガブの表情や言葉に、意識のすべてが持っていかれてしまう。

「葉菜……好きだ。ここから出て行く気なら、私も一緒に行きたい」

必ず守ると息を呑んだ。ガブが私の表情を見て「悪いか?」と聞くので、音が出そうなくらい首を横に振った。むしろ……嬉しい。だけど、もはや今の私は、赤を通り越して黒ずんだ顔色をしているのではないだろうか。熱くなりすぎて、焦げ始めている気がする。

だけた口調に息を呑んだ。ガブの突然の呼び捨てに、さらに顔が熱くなる。カブの突然の呼び捨てと、だけた口調に息を呑んだ。

耳元でささやかれて、さらに顔が熱くなる。

「ままっ……ま、待って! 頭が整理できない! ちょっと陽菜のところに……」

一度落ち着きたい。

恋を自覚し、失恋……かと思いきや告白されるって、展開が早すぎて心臓がもたない!

それに、陽菜もガブがいいと言っていた。もし陽菜も本気なら、この状況に浮かれてばかりはいられない。きちんと話して、今後のことを決めなければ。それで万が一、陽菜が本気じゃなかったら……

もしも、もしも、叶うならば。

私は彼を好きでいてもいいだろうか。

とにかく陽菜と話がしたい。いずれにしても、まずはそれからだ。

「嫌だ」

そう言って頬ずりしてくるガブにほだされそうになってしまう。

どうしてそんなに可愛い仕草をするのっ!?

普段の無表情キャラはどこへ行ったの?

「ダメだって。陽菜のとこで話がしたいのっ」

押し退けながら言うと、ガブの瞳に剣呑な光が宿る。

「……嫌だと何度言えばわかる? それとも、私から逃れて二人に助けてもらいに行く?」

二人っ? 陽菜は一人だよ。

「誰にも渡さない」

抱きしめられて、首筋に舌を這わされる。

「ひゃぁっ!」

背筋がぞわっとして、変な声が出てしまった。

さっきまでの啄むような軽いものとは明らかに違う舌遣いに、背筋を快感が駆け上った。

このままじゃ、流されてしまう！　ガブの腕の中が心地よすぎて、快感が引き出されすぎている。

でも、流されてはダメだと、理性を引っ張ってきて叫んだ。

「とっ……とりあえず、誰にも渡さないっていうのはいい！　それでもいいから‼」

ガブの要求の一部を呑んだ。

誰のものにもなるつもりはなかったし！　陽菜のお相手を見つけたあとは、一人森の奥深くで暮らそうかと思っていたからね。

「いったん陽菜のところに行かせて。ちゃんとここに戻ってくるから。今はとにかく頭を落ち着かせてぇ」

そう大声で言うと、ガブの動きが止まった。

だけど、ガブの息遣いに、気を抜くとあられもない声が出そうで、喉に力を入れたまま目を閉じる。

「……戻ってくる？」

気が抜けたようなガブの声が聞こえて、涙が滲む目を開けると、驚いたような顔をし

た彼がこちらを覗き込んでいた。

さっきまでの無駄な迫力というか、色気はない。

そのことに安心して、私は少し力を抜いた。

「え、うん」

呆然としているガブの顔を見て、私は首を傾げながらも返事をした。

でも返事の途中で、ガブが驚いた表情をしている理由に思い至って慌てて首を横に振った。

「……はっ！　戻ってくるって言っても、今晩このあとじゃないよ？　後日改めて。夜はダメだよ」

夜遅くに訪問したら、この雰囲気からして大変な事態になってしまいそうな気がするからね！

ガブがなにも反論しないのを見て、ほっとして笑って言う。

「陽菜と話しに行かせてね」

彼は目を細めて私を見ながら、なにか考えているようだった。

そして、ふっと、少し意地悪な顔で笑う。

「じゃあ、その前にキスだけ」

「さっきからすでに、あっちこっちしてる！」

思わず叫んで言い返した。ダメじゃん！　お色気モードは終わったと思ったのに！

「していない」

ものすごく不満そうな顔をされた。

さっきまで首筋とか頬とかにしていたのは、キスにカウントしないってこと？

「葉菜……好きだ」

　　　　　　　　　　好きな人に、ですよ？

膝の上に抱きかかえられて、頬に手を添えられて、切ない声で懇願するように顔を覗き込まれて、嫌と言えますか!?　すみません、私は言えませんでした！

今、私はガブにキスをされたいのだと心が叫んでいる。

「ど……う、ぞ」

もう聞こえなきゃ聞こえないでいいやくらいの思いで口にした許可の言葉は、しっかりと届いたらしい。

私は初めてガブの満面の笑みを見た。

うっかり見惚れてしまう。

それから、そうっと触れてきた唇は、とても熱かった。

柔らかく唇が重なって、離れる……かと思いきや、もう一度。……さらにもう一度。啄むように触れては離れていく唇。いたずらをするように唇に歯を立てられて、驚いた瞬間に口の中に彼の舌が入ってきた。

唇で食んでみたり、吸ってみたり舐めてみたり……

──って、長い！

「もう終わり！」

死ぬ。これ以上は羞恥で死ぬ。

ガブの顔を両手で押し退けて宣言する。すると彼は、驚いた顔をしていた。

「え。まだあんまり舌を入れてない」

「初心者相手に馬鹿かっ！」

不満そうな声に、思わず怒鳴ってしまった。

ガブと今したのが、正真正銘私のファーストキス。そんなロマンチックなシチュエーションの直後に怒鳴る女がどこにいるんだ。もう、泣きたい。

「初心者……」

ぽつりとつぶやく声に顔を上げると、ガブはなにやら考え込んでいる。

え、なに。初心者と思われてなかったの。それは……前もって申告せずにすみません

でした?

馬鹿なことを考えている間に、ガブの腕にぐっと力が入った。

「やっぱりもう一回」

「ふうんん～～?」

突然、唇に噛みつかれた。私の文句はガブの口の中に消えていく。

もう、なにが彼の暴走スイッチなのかわかりません……

ガブの舌が、丁寧に歯列を辿り、口の中をすべて味わい尽くそうとするかのように動く。その動きに、私は感じたことのない感覚を呼び起こされて戸惑う。

むずがゆいような快感が背筋を伝った。

くちゅ、ぴちゃ……。湿った音と、私とガブの息遣いだけが部屋に響いている。

上手く息ができなくて顔を逸らすと唇が離れ、二人の間に透明の糸が垂れた。

その光景がなんだかとても卑猥に見えて顔を熱くしていると、ガブが笑うような気配がした。

彼の笑顔を見たくて視線を戻したところ、また口を塞がれた。

「ふぁ……っも、くるしっ……!」

どうにかガブを押し退けて言ったら、ガブの唇は、そのまま私の耳へ移動する。

ガブの舌が私の耳の形をなぞるように動くと、背中にぞくぞくする感覚が走った。

「は、ぁん……っ」

自分の口から漏れた声のいやらしさに驚いて、思わず息を止める。

「葉菜?」

耳元で熱い息を吐きながら私の名前を呼ぶ声に、また反応してしまう。

「んっ……!」

体がびくんと震えて、体がばねのように伸びた。

声も体の反応も全部が恥ずかしくて、ガブから逃げようとしてみるけれど、優しい腕に阻まれてできない。

さほど力を入れているように思えないのに、押してもびくともしない。

それからガブの指は、私の胸へと移動した。

服の裾から入ってきたガブの手が直接胸に触れて、その熱さに驚く。

「あっ……! がぶ……ぅん」

私にしゃべらせまいとするかのように、ガブの舌は執拗に私の口内を動き回る。

その間にも、服の中に入り込んできた手は、胸を優しく包み込む。それから太い指で中心を軽くつまんだ。

電気が体を走り抜けるような感覚。痛みと似ているけれど、ちょっと違う。目には涙が滲んでガブがよく見えない。彼の荒い息遣いに、ぞくぞくするような興奮を覚えてしまっていた。

ガブの親指が遊ぶように中心をこねて、触られていない場所にまでむずむずする感覚が広がる。

「あ……だ、めぇ。がぶぅ」

どうにかなってしまいそうだ。もうすでに、どうにかなってしまっている気もするけれど。

自分の口から出る声が甘くて恥ずかしいのに、それ以外の声は出せない。

「葉菜。可愛い」

低い声で、口の中に吹き込むようにささやかれて、嬉しくて頬が緩む。

ガブに褒められると、やっぱり嬉しい。

「葉菜……」

私の胸をいじっていたガブの手が足のほうへ移動して、私を抱きしめるもう片方の手にも力がこもった。

思わず腕をガブの首に回した瞬間、ガブの体にさらに力が加わって、苦しいくらいに

強く抱きしめられた。

何度も耳元で名前を呼ばれ、体の熱は高まって、もどかしいような感覚がせり上がってきてしまう。

恥ずかしいけれど、自分ではどうしようもなくてガブにすり寄ると、ガブの手がスカートの中に入ってきた。びくんと体が揺れる。

宥（なだ）めるようにキスを降らしてくるガブを遮（さえぎ）ろうとは思えなかった。

内股をなぞり、まさにショーツに手が触れそうになった時——ガブの体にぴくっと緊張が走った。

次の瞬間、ガブがするりと立ち上がって私は一人で椅子（いす）に座らされる。

突然なにがあったのかと、ガブを見上げて首を傾（かし）げていると、ガブはいつもの困った顔でため息を吐いた。

そこに、ノックの音が鳴り響く。

驚いて、思わず椅子から飛び上がった。そんな古典的な動作をしてしまったことに少し照れる。

そんな私を見て、ガブは名残惜（なごりお）しそうに私のおでこにキスをしてからドアを開けにいった。

私が両手で顔を覆って縮こまっていると、陽菜が飛び込んできた。

怒ったような表情の陽菜を見て、私は血の気が引いていく。

「あ……」

なにかを言わなければと口を開いてみたものの、なんて言っていいのかわからなかった。

ついさっきまで、ガブに触れられて喜んでいたのだ。大切な妹のことを忘れて。

襲い掛かってくる罪悪感に胸が苦しくて、胸元をぎゅっと握りしめた。

為す術もなく陽菜を見つめ続けていると、私の視線の先で、陽菜がほっと頬を緩ませた。

「葉菜！ よかった。私たちの部屋にいないから心配したのよ」

陽菜の心配する言葉が、さらに胸を締め付ける。

「ごめん……」

絞り出した声は思った以上に掠れていたけれど、私はなんとか謝った。

「もう、気を付けてねって言ったじゃない」

ホッとした表情から一転、眉をひそめる陽菜の顔を見ていられない。私は俯き加減で言う。

「うん。あ、でも大丈夫だよ。危険なことなんて……」

「嘘！　部屋に連れ込まれてるじゃない！」

陽菜が、しっかりしてというように、私の肩を持って揺さぶる。

連れ込まれ……？　え、私がガブの部屋にってこと!?

混乱する私をよそに、陽菜はガブに向き直って叫んだ。

「この、むっつりスケベ！　私の葉菜になにしたのよ!?」

それは違うと否定しようとしたのに、ガブが陽菜を挑発するように笑った。

「私のものになったんです」

「なにがっ!?　え？　え？　どういうこと？」

睨み合う二人の間であたふたしていると、陽菜が涙目で私を覗き込んできた。

「葉菜がこのむっつりに攫われないように、いつも気を付けてたのにぃ」

陽菜が私をぎゅうっと抱きしめる。

私は頭が回らないなりに、陽菜を抱き返しながら聞いた。

「陽菜は、ガブが好きなんじゃないの？」

そう言った途端、陽菜は顔をしかめて言った。「あり得ない」と。

「最初からガブスティル様は、葉菜を狙ってたじゃない。セクハラしながら」

陽菜とガブは敵対関係にあると説明してくれた。理由は主に、私の取り合いで。

いまだに頭が回らないけど、一つだけ、一番確認したかったことがわかった。

陽菜は、ガブを好きなわけじゃない。　私は、陽菜のライバルにならない。

――私、ガブを好きでいていいんだ。

急に幸せが膨れ上がって涙を浮かべる私を見て、陽菜が嫌そうに顔をしかめた。

「気を付けてって言ったでしょ？」

え、食堂を出る時に言っていた『気を付けて』って、そういう意味⁉

「な、なんで……？」

こうなるって、予想してたってこと？

「葉菜があんまりにも切なそうな顔でジェシール様と殿下を見るからよ。　嫉妬にかられたそこの護衛が怖いったら」

ため息と共に言葉を吐き出してから、わざとらしく科を作り――

「陽菜、怖くて泣きそうだった」

と、手を口元に持っていき、涙を浮かべて言う。　陽菜、普段は自分のことを「陽菜」なんて言わないじゃない。　こういう時に咄嗟に涙が流せるあたり、やっぱり器用だな、と思う。

「私が嫉妬したなんて、気のせいではないですか？」

にこやかに陽菜に対峙するガブ。

「ここに私が一人で来たのはなぜだと思うの？　あとの二人は、今日ガブスティル様に会ったら殺されそうだから遠慮すると言っていたからよ？」

ちなみに、そこの廊下までは送ってもらったらしいが、突然「これ以上進んだら真面目に殺されるので、お一人でお願いします」と言われてしまったそうだ。

あの二人が、陽菜を進んで一人にするなんてと、私が驚いて目を見開くと、陽菜がガブを睨んだ。

「殿下たちは、葉菜を追って食堂を出る時のガブスティル様の切羽詰まった様子から、その後の展開を察したのよ。私も二人と同感よ。……ガブスティル様、絶対葉菜になにかしましたね？」

さらによくよく話を聞いてみたところ、王子が、私からの視線を嫌がるのはガブのせいだと言う。ガブが私に近付く男を威嚇しているらしい。

「え？　え？　だけど、王子が私を避けるのって、結構最初から……」

「そうよ。だってガブスティル様は最初から……。そんなことにも気付けないなんて、鈍感で可哀想な葉菜！」

陽菜が腕を広げて駆け寄ってくるが、陽菜と抱擁を交わす直前に、突然抱き上げられ

て拘束された。

視線を上げると、ガブが笑みを貼り付けたまま陽菜を見つめていた。

「もう手に入れたので、あなたにも触らせません」

「……つまり、ガブの陽菜に対する笑顔は、牽制のためのものだってこと？」

「その笑顔、本当にムカつく。腕力があればぶん殴るのに」

陽菜さーん！？　素が出ていますけど！？」

「無理ですね。私の力を侮らないでいただきたい。触れることさえさせません」

ガブが見せつけるように笑顔で頬にキスしてくるんですけど！？」

「ガ、ガブ……！」

「うん？　もう一回」

さっきたくさんしましたよ！

驚きのあまり声が出ないため、腕に少しばかり魔力を込めて押し退けてしまった。

うん。妹にキスシーンするとか、無理だから！　なんなの、苦行！？　陽菜の視線が痛い。

「陽菜様、お部屋までお送りしましょう」

ガブがそう言って指をぱちんと鳴らしたところ、小さな光に包まれた魔法の小鳥が現れた。

すると、嫌そうな陽菜の声が聞こえてくる。

「私に一人で部屋に帰れというの？　葉菜も返して」

「嫌です」

きっぱりとガブが答えた。そして、ぎゅうっと強く抱きしめられる。

「嫌って？　嫌ってことは……ガブの腕の中が居心地よくて、されるがままになっていた。

れ!?　戸惑いながらも、ガブの腕の中が居心地よくて、されるがままになっていた。

「そ、そうしたら、私は……」

どうなるの？　と、問いかける前に、ガブの視線が甘く蕩ける。

私の頬を撫でるガブの手のひらに幸せを感じて、つられて微笑んだ。

「もぉう！　姉のそんな表情、見ているこっちが恥ずかしいわ！」

陽菜の怒鳴り声で、はっと我に返る。

うっとりしている場合じゃない。いくらガブの優しい微笑みがレアでも、陽菜がいる

のに見惚れていていいわけがない！

羞恥で熱くなった顔で陽菜のほうを見ると、肩をいからせて小鳥と一緒に廊下に出よ

うとしていた。

「陽菜っ!?」

慌てて声をかけたら、眉間に皺を寄せて頬を膨らませた陽菜が振り返った。

「葉菜、明日詳しく話を聞くわ」

詳しく……って、なんの話を!?

「ガブスティル様、今日だけですからね。妹になにを話せというの!?　明日からは……負けませんわ」

私が慌てている間に、陽菜は人差し指をつき立て、ガブを指さして宣言した。顎を上げて傲慢に言い放つ陽菜と、その視線を受けても嘲るような視線で返すガブ。私は呆然とするほかない。

「じゃあね」

そう言って陽菜は、部屋から出ていった。

陽菜が部屋に戻ってしまったから、ガブの部屋で二人きり。

どう振る舞っていいのかわからなくて、もじもじとガブを見上げたところ、すごく嬉しそうな視線が降ってくる。

そんなガブの表情に頬を熱くしていると、その頬に柔らかくキスをされた。

「可愛い……。そんな可愛い顔、他でしないようにしろよ」

どんな表情をしていていいのかわからなくて、口を引き結ぶ。するとガブが軽く笑った。

「キスしてもいい？」

さっきから何度もしてるよね!? ……どうやらガブは唇同士でするキス以外、キスと認めていないことがはっきりした。

「う……んむっ……んぅっ」

もう、返事してないのに！

ガブの舌が喜び勇んで私の口内を駆け回る。あんまり強く絡みついてくるから、驚いて舌を引っ込めると、逃げないようにと、ちゅうっと吸われた。

頭の奥がぼうっとして、首筋から腰までに、じんと痺れるような感触が走り抜けた。

恥ずかしい吐息がこぼれる。

「葉菜……」

息継ぎの合間に、甘く名前を呼ばれた。

「ガブ……」

ガブの声にうっとりしながら、近付いてくる顔に手を添えてキスをねだった。もっとたくさん触れられたい。そんなことを思った瞬間――

「ちょっ……!?」

突然ガブに抱えられて、奥の部屋に運ばれた。

「ガブ⁉」

奥の部屋——寝室に辿り着いたところで大慌てで呼びかけるものの、返答はない。ガブはなにも言わずに、口を引き結んだまま、まっすぐにベッドへと向かう。

目的地に到着し、ふわりと軽く下ろされた。

「葉菜、どうして逃げようとしているんだ」

「当たり前でしょ⁉ なんでいきなり寝室にくるの⁉」

覆いかぶさってくるガブから離れようともがく。するとガブから、気に入らないと言うような視線が降ってくる。

ちょっと、展開が早すぎやしないか！

「葉菜、抱きたい」

『きちんと言葉にしないと理解できないのか、無粋な奴め』とでも思われているような気がする。

私はちょっと悔しくて、頑張ってガブを睨み付けた。なんでこんな恥ずかしいことを真顔で言えるのだろう、この男は。

こちとら「恋人いない歴＝年齢」の処女で、こういう経験はまったくないのだから仕方ないじゃないか。

「ダメっ！」

上着を脱ぎ始めたガブをちらちらと横目で見ながら拒否の言葉を叫ぶ。しかしガブは聞いちゃあいない。

自分の服を脱ぐのとは反対の手で、簡単に私の肩を抱き寄せ口を塞ぐ。

ついさっきファーストキスを経験したばかりだというのに、もう何度もされ、すでにこの感触に慣れてしまいそうだ。そんなことを考えているうち、口内ににゅるりと舌が忍び込んでくる。

舌を引きずり出され、強引に舌を絡められ、背筋が震える。

「葉菜は、私のことが好きだということでいいんだよな」

少しだけ唇を離して問いかけられた言葉を、私はぼんやりとガブを見上げながら聞いていた。

私が見惚れてしまっているうちに、返事を急かすように、もう一度「いいな？」と聞かれた。

「うん」

今さらなので、あっさりとうなずく。なぜ今、このタイミングでそんなことを聞かれるのか、わからなくはあるが、尋ねればまた鈍いと呆れられそうだ。

「いいのか⁉」

「そこ、驚くの⁉」

どうして驚かれたか、わからない。

こっちこそ驚いて声を上げると、

「私は葉菜に、好きだと言われていないだろう?」

と、不満そうに言われた。

――そうだっけ? え、言ってなかったっけ?

「言われてない」

怒られた。

「でっ、でも、キスとかしている時点で……その……言ったも同然かと」

声がしりすぼみになっていった。

だって、好きな人以外からのキスを受け入れるわけがない。

ついさっきまでは、陽菜もガブのことが好きだと誤解していて、叶わない想いかもしれないと思っていたけれど、それも私の勘違いだとわかった。だからこれからは安心して、人生初彼氏と過ごせると思っていたのだけど……。まだ、ガブはそういう認識ではなかったということだろうか。

「葉菜、好きだ」

「……」

これは……、言葉をねだられているということ？

「葉菜？」

そんな風に不安を滲ませた声を出されると、きちんと言わなければと思う。

耳まで熱を持った顔で、それでもガブから目を逸らさずに、視線を合わせた。

緊張で力が入り、ガブの手を握りしめてしまう。

「好き」

つぶやく声は掠れて、震えていた。

その言葉をしっかりと拾ったはずなのに、ガブは笑うばかりでなにも言ってくれない。

沈黙しているのも恥ずかしいから聞いてみる。

「これで、恋人同士？」

「恋人同士になりたいのか？」

意地悪な表情が返ってきた。

「私、恋人とかいたことないから、どうすれば恋人になれるのかわからないんだもの！

私はすっかりその気でいたのに、ガブはちゃんと言葉にするまで恋人とはみなしてな

かったみたいだしっ。私一人で盛り上がっていたみたいで恥ずかしい」

真っ赤な顔でちょっと涙目になった私に、ガブは困り顔で軽くキスをする。

「ごめん、ちょっとからかった。恋人同士だ。これで」

優しく抱き寄せられて、頭に柔らかな感触が触れる。

意地悪されたのに、ちょっと優しくされるとすぐに機嫌を直してしまうなんて、陽菜に知られたら「簡単すぎる！」と怒られるだろう。だけど、ガブにこんな風にされるのなんて夢みたいで……世界で一番特別な人になった気がした。

「……と、いうことは……初めて？」

少し低い声で、ガブが聞いてきた。

ベッドで覆いかぶさられている状況で聞かれる「初めて」とは、あれだろう。あれしかないよなと、恥ずかしがりながらもうなずく。するとガブは眉間に皺を寄せて考え込んでしまった。

——なんだ。嫌なのか。

処女っていうのは、そういったことに慣れた男性には面倒くさいものらしい。どこで手に入れたか忘れてしまった知識だけど、そう聞いたことがある。

ガブはきっと、初めてじゃない。陽菜のお相手探しのために得た情報によれば、女性

関係は綺麗という評判だったが、派手ではないだけで、経験はあるのだと思う。

私たちがこの世界に来てからは、ガブはいつも護衛の仕事をしていたので、女性と一緒にいることなど無理だっただろうけど、その前はきっと……

そんなこと、気にするほうがおかしいとは思うが、ガブの反応に泣きたい気分に陥る。

滲んできた涙を隠すため、すぐそばにあったガブの首に腕を回して首筋に顔をうずめた。

「ん？」

問いかけるような声が上がったが、無視して抱き付いていると、笑うような気配がして頭を撫でられた。

気持ちいい。思わず頬ずりをする。

たくさんくっついていたくて、力いっぱいガブを引き寄せた。

「葉菜」

低い声で呼ばれて、もっと強く抱き付く。

──面倒だなんて思わないで。嫌わないで厭わないで。どうすればいいのか教えて。

その通りにできるように頑張るから。

そう伝えようとしても、声が震えてしまいそうで、縋り付くみたいにガブに抱き付く

ことしかできない。

「いいのか?」

抱き付く力を緩めずにいると、首筋にキスをされた。

ぴくんと体が反応してしまう。

「じゃあ、遠慮せずにやるぞ」

「……んんっ」

さっき軽くキスをされた首筋に、ぬるりとガブの舌が這う。

その感触にのけぞると、ガブの大きな手がワンピースの裾から入り込み、服をたくし上げて胸元に触れる。スカートがかなりめくれてしまっているし、あられもない姿だ。

しかし、恥ずかしさを感じている余裕もなく、やわやわと胸を揉まれて頂を指で挟まれた。

「あっ、ガブ、待って、ダメ」

「さっき、陽菜様が部屋に戻る時に、葉菜はここにいることを了承してくれただろう? 私と一晩過ごしてくれるつもりなのだと思ったのだが」

「……」

あの時は、ガブともっと一緒にいたくて、陽菜が一人で部屋から出ていくのを見送っ

てみたりもした。だけど、そのあとどんなことをするだとか、そういうことには考えが至っていなかったのだ。

「だから、早速本番をと思ったんだが」

その表現はいただけない！　なんだ、本番って！

「だが、初めてだと聞いて、いきなりは無理だろうから今日のところは諦めようとしてたのに……」

ああ、なるほど。だから私が初めてと告げたら眉間に皺が寄ったのかと納得した。別に嫌がられたわけじゃなかったんだとほっと息を吐くと、続いて驚く言葉が聞こえてくる。

「葉菜に、ねだられた」

「違う！」

私が叫ぶように否定すると、気に入らなそうにガブは片眉を上げた。

「恋人が可愛らしく抱き付いて、首筋に顔をうずめてきたんだ。しかも、ベッドで」

ベッドを強調するように言い、シーツをぽんぽんと叩く。

「その気になったものを我慢しようとしていたのに、私をまたその気にさせたのは葉菜だ。今さらダメなんて、聞けるわけがないだろう？」

ガブの指が私の耳から頬を辿って、顎を掴まれた。

言い返したいことはたくさんあるのに、ガブの熱い視線に体がふるっと震えて言葉が紡げない。

その震えに気が付いたのか、ガブは安心させるような笑みを浮かべた。

「大丈夫。優しくする」

優しい声でささやかれて、啄むように目尻にキスを落とされた。

「嫌か？」

そう聞く時だけ、不安を滲ませた声を出すなんて、ずるい。

「い、嫌じゃないけど、ダメ……」

話している間も、ガブの手の動きは止まらない。触れられる手は気持ちいいけれど、なんとか理性を保とうとガブの手を掴んだら、逆に手を捕まえられてガブの口元に持っていかれた。そのまま手のひらにキスをされ、ぬるりと指の間を舐められる。

指、手のひら、手首と、ガブの舌と唇がゆっくりと伝っていく。

「ふっ……んんっ」

くすぐったいような不思議な感触に、鼻から抜けるような声が出た。

「ダメって、なんで？　嫌じゃないならしたい」

私の手首に口を当てたまま、ガブがしゃべる。

吐息がかかって、ぞわっとして思わず首をすくめた。

「まっ……まだ、早い時間だし」

「時間が関係あるのか?」

「みっ、みんなまだ働いてるよ?」

「城は誰かしら、いつも働いている。私だって夜勤もある」

「陽菜が待ってるし」

「待ってないだろう。もう部屋に戻られている」

さっきガブが魔力で出現させた小鳥の伝令により、陽菜の動向がガブにはわかるらしい。

ことごとくあげていく理由を、ガブが打ち消す。

本当の理由を言うのは躊躇(ためら)われるけれど、もう正直に言うしかなさそうだ。

私が頑(かたく)なにダメと言っていた理由は……

「恥(は)ずかしい、から……」

腕をガブに捕まえられているせいで顔を隠せなかったので、ガブの胸におでこをつけて顔を隠した。だけど、きっと真っ赤になってしまった耳は見えているだろう。

ガブが笑う気配がした。それから腕を私の背中に回して、包み込むように抱きしめてくれる。

「可愛い。葉菜、可愛い」

そう言いながらガブは、私の手や耳や頭にキスをたくさん落としていく。キスの一つ一つに『好きだ』という想いが込められているような気がして、くすぐったさに首をすくめた。

「顔が見たい。見せて?」

ガブは優しくそう言い、私が顔を上げるのを待っている。いっそ、無理矢理引きはがしてくれたらいいのに。そんな自分勝手な思いが浮かぶ。

ガブは、勝手にキスしたり、抱きしめてきたりするのに、ここぞという時には、私の行動を待つ。私の準備ができるのを、ゆっくりと待っていてくれる。

「なあ、葉菜?」

耳に直接吐息と言葉を吹き込まれて、体が跳ねた。

その勢いに任せてガブの胸から体を離して、すぐ傍にあったガブの腕に抱き付いた。

するとガブは、くっくっと、喉を鳴らしながら私のドレスを脱がしていく。

次いで、下着にも手をかける。片手には私がしがみ付いているため、ガブは片手で器

用に私の下着——ブラの代わりとなる、胸をえらく強調させるような矯正下着のようなもの——のホックを外した。ぷっっと、軽い音がして、胸元に外気が触れる。

「あ……」

　私がこぼした吐息は、ガブの口内に吸い込まれた。

　裸体を見られるのが恥ずかしくて身をよじりたいのに、キスの嵐に遭いその暇もない。今の私は、すでになにも身にまとってはいない。それなのにガブは、上着は脱いでいるものの、シャツとズボンはまだ着けている。その状態が悔しくて、ガブのシャツを引っ張った。

「ガブは、なんで脱がないのっ」

　襟元を締め上げるようにして抗議すると、彼は目を三日月の形にして笑った。

「……ほほう」

　……………え。　私、言う言葉を間違えた!?

　後悔しても遅かったようで、「いいんだな」と独り言のようにつぶやいたガブは、私に背を向けて、あっという間に自身の服を脱ぎ始めた。

　——ガブも脱いでほしいとかそういう意味じゃなかったというか、いや、そう言ったけど、でも違うんですけど！

慌てて言い直そうとガブを見たら、逞しい背中から腰のラインや足が全部見えた状態になっていて、息を呑んだ。

「ごごごめんっ」

反射的に謝ると、ガブは笑った。

「謝らなくても。見たいなら見てもいいぞ？」

視線を逸らす私の顔を優しく上向かせて、ガブは触れるだけのキスをする。それから視線を合わせ、嬉しそうに目を細める。それだけで、胸がきゅうっと締め付けられた。

その直後、ガブは私に覆いかぶさってくる。そうしてベッドに私を横たえ、熱い素肌で体を包み込む。逞しい胸板に、私の胸が押しつぶされた。

ガブの唇が唇から首筋へ、そして胸へとゆっくりと下りていく。

「ひゅ、ぅう……んぅ」

どうしよう。喘ぎ声が出てしまうのが恥ずかしいのに止められない。無理矢理我慢すると変な声が出てしまう。

私が声を発するたびに、ガブの笑う吐息が肌を滑っていって、それがまた変な感覚を連れてくる。

ちゅぱっとわざと音を立てて、ガブが胸の先端に吸い付いた。

「ふあっ！ ……んぁっあっ」

私のそこはガブが触れると同時にピンと立ち上がり、痛いようなもどかしいような気持ちになる。

ガブは口の中で、硬くなってしまった胸の頂をころころと転がして遊ぶ。私の口からは意味をなさない声しか出てこなかった。

反対側の頂は、ガブの太い指に優しくつままれ、時々くりくりとこね回される。それから硬くなった先端をガブの指によって胸の中に押し込まれる様子は、すごく卑猥だった。その光景を目にした途端、ぞわっとする感覚が背筋を駆け上がってきて、私は背をそらして喘いだ。

「ひゃぁ……んっ。んぁぁっあっあっ」

胸をいじめていないガブのもう片方の手は、私の背中とシーツの間に潜り込んで、私を抱きしめる。

ガブの手のひらの温かさと大きさが、私に安心をもたらす。

「ガブ、ガブぅ」

一生懸命呼びかけると、私の胸から顔を離して覗き込んでくる。硬いけれど、さらさらのガブの肌が私の肌とくっついて気持ちがいい。

「なに?」

「ん～～……」

私の顔を覗き込んでくるガブの首に腕を回して抱き付いた。

「葉菜、私の忍耐を試しているのか?」

笑いを含んだ声でささやきながら、私の耳にキスをする。

それがくすぐったくて、ガブの胸に頬をすり寄せた。

「残念ながら、私の忍耐力は、葉菜に対してはほぼ皆無だ」

「へ?」

軍人にあるまじき言葉を吐いて、ガブは愛撫を再開する。

痛いほどに尖った胸の先端をつまんで、きゅっと引っ張られる。

「やんっ」

反射的に出た自分の声に、驚いた。出したこともない可愛い声が出てしまった。

そのことが妙に恥ずかしくて両手で口を押さえてふるふると首を横に振る。『やめて

ほしい』のサインだったのだが、ガブには伝わらなかったらしい。

「気持ちいい? ほら、葉菜のここ、もっと触ってほしいって」

そんなこと、胸が言うわけもないのに、ガブの言葉通りに体は揺れて、ガブの手に触

れられるのを待ち望んでしまう。

「可愛い。食べてしまいたいよ」

小さく出したガブの舌が、胸の先端を軽く舐めた。その小さな刺激に、私の体は大げ

さに反応してしまう。

さらにもう一度、先端の一番先だけに舌が触れる。思わずガブの頭を両腕で抱き寄せた。

「いじわるしないで。ちゃんとしてぇ」

涙声になってしまっていることに気が付いたけれど、もう声なんか気にしている場合

じゃなかった。

体が熱くなって、もどかしくて、ガブの頭に自分から胸を押し付ける。

「葉菜、これが好き?」

ガブの厚い唇に先端を挟まれ、舌で転がされる。

なにを聞かれて、なんと答えているのかもよくわからない状態で私はうなずいた。

「うん、うん……! それ好き。あっ……、ん! 気持ちいい」

胸に与えられる刺激に夢中になっている間に、ガブの手が私の足の付け根まで移動し

ていく。そして、割れ目にゆっくりと指を潜り込ませる。

「ん、んん……!」

急に襲ってきた快感に、体にギュッと力が入った。それは初めて経験する感覚で、緊張して体が強張る。

「ん。少し濡れてるな」

その言葉を証明するように、ガブの指が小刻みに動くと、くちくちと小さな水音がした。

自分もよく知らない自分の体の変化を認識して、羞恥に顔が熱くなる。

そこを触られることも、濡れていると知られたことも恥ずかしくて、両足に力を入れてガブの手がこれ以上動くのを阻んだ。

だけど私はその行動により、すでに足の間に入り込んでいるガブの手をさらに強く意識することになってしまって、背筋が震えた。

「力を抜け。入らないだろ」

ガブの指は相変わらず、水音を立てながら襞の間を行ったり来たりする。そんな状態で、力なんて抜けるわけがない。

唇を噛みしめて首を横に振ると、「仕方ないな」と、小さくガブがつぶやいた。

「いっ……⁉」

ぴりりっと痛みに似た刺激が走って、体がのけぞった。ガブの顔を見ると、困ったような表情をしていた。

「指を入れるのも痛いのか」

そう言ったかと思うと、ガブの頭が私の足元へと下がっていく。

お腹や太ももにもキスをされて、くすぐったさに少し笑った。そうして気付いた時には、

優しく足を広げられ、秘所に吸い付かれていた。

「やっ、嘘……！　ひゃああああんっ」

先ほど痛みを感じた場所を、ガブの舌が丹念に舐め啜る。小さかった水音は、ぐちゅ

ぐちゅという大きな音に変わって、耳を塞ぎたくなった。

ガブの舌は、襞を辿って前方に移動すると、花芽に優しくキスを落とした。

「ガブっ、もう無理。おねが……っああ！」

ガブは私の言葉を聞く気はないらしく、蕾を舌で転がす。背筋から首まで産毛が総毛立つような感

感じたことのない圧倒的な快感が生まれて、背筋から首まで産毛が総毛立つような感

覚を味わった。

抵抗らしい抵抗もできない間に、私の足は大きく広げられ、自分でも知らない場所に

ガブの頭が入り込んでしまっている。

「ダ、ダメダメ！　汚いっ。んっ……！　お願い、やめて」

熱い舌が襞をかきわけて進むほどに、強張っていた体から力が抜けていく。

ぴちゃぴちゃと音を立てながらそこを舐め啜るガブは、私の反応を面白がるようにニヤリと笑った。

「汚くない。葉菜の世界では、こういうことはしないのか?」

濡らさないと最初は痛いだろう? などと続けながら聞いてくるが、処女の私にそんなことわからない。

それに私には、元の世界にそんな話をできる友人もいなかった。エッチな本にそういうシーンがあることは知っている……けれど! だけど!

それに陽菜も、「エロ本はファンタジーだ」って言っていた。陽菜も経験はないはず(多分)だが、私と違って耳年増だから、その情報はあてになるはず。

「こんなことしない!」

多分! だけど、断言してみた。

「知らないだけだろう」

ああっ、信じてくれてない! 私の言葉を一蹴して、ガブはまた舌を伸ばす。

「もう少ししたら、もっとって言うようになる」

すかさず反論しようとしたのに、この話は終わりだと言わんばかりに花芽にちゅうっと吸い付かれた。

「――っ！」

体中に血が一瞬で駆け巡るような感覚。私はつま先をピンと伸ばして、声にならない悲鳴を上げた。

「イッたのか？」

「ふぁっ」

急にさっきよりもずっと敏感になってしまったみたいで、ガブの吐息がかかるだけで背筋をのけぞらせた。

「ここからの眺めは、とてもいい」

私の足の間から顔を出してクスクスと笑いながら、ガブは私の胸を掴んだ。人差し指で尖った先端をころころと転がす。

「……んあぁっ。今、ダメ。今ダメなのっ……ふぁぁんっ」

そう訴えたのに、ガブは手を止めてはくれない。

「こんなに尖らせて。もっと触ってほしいんだろ？」

「んんっ……いじわるっ！　もう、あ……んっ」

ガブを睨み付けても優しい微笑みを返されているうちに、本当はもっと触ってほしいと本音がこぼれそうになる。

「ほら。　次はなにをしようか？　胸を舐めてやろうか？　それとも……こっちをいじめる？」

ガブの指が太ももに触れただけで、その先を期待して体が震えた。

「い、いじめるのは、ダメっ」

意地悪なガブも格好いいと思いながら、私は手を伸ばしてガブの首に腕を巻き付けた。

「いじわるなのは、嫌なの。ガブ、優しくして……」

ひゅっと、息を呑むような音が聞こえた。

「葉菜っ……！」

ガブの苦しそうな声が聞こえたかと思うと、自分でも触れたことのない場所に指が入ってきた。

急にきた圧迫感に、一瞬息が止まる。けれどそれはひと時のことで、優しくゆっくりと入ってくるガブの指に、もどかしささえ感じてしまった。

「痛くない？」

私は、「もっと」という言葉が口からこぼれ出てしまわないように唇を噛みしめたままうなずいた。

「本当に？」

心配そうな声を出して、ガブの指は出ていってしまう。そして、入口付近から奥に入ろうとはせず、そこをくちゅくちゅとかき混ぜる。

「ふ……うん、あん。ガブ、お願い」

──このもどかしさをどうにかして。

言葉にできない願いを込めてもっとガブにしがみ付くと、ガブは少し考えてから「入れるよ？」とつぶやいた。

こくっとうなずくとガブの指がぐじゅっという音と共に私の中に沈み込んだ。

圧迫感はすごいけれど、それを上回る快感が体を駆け巡る。

「は……あぁっ！　んんぅ」

「葉菜、気持ちいい？」

耳元でささやかれる低音の声にも、さらに体が反応した。

「葉菜？　気持ちいいって言わないと抜くよ？」

「あ、やっ……抜いちゃ嫌」

本当に出て行こうとした指を思わず足で挟み込んで捕まえてしまった。

くっと、ガブが笑う。

「最初から中のほうが感じるなんて……葉菜は淫乱だな？」

「ち……がう、もんっ。ガブに触られたから、こうなってるの！」

熱くなった私の頬に、ガブが噛み付くようなキスを落としながらつぶやく。

「ああ、柔らかい。気持ちいい。早く私のを中に入れたい」

いつの間にか中に入れる指を二本に増やされ、ぐちゃぐちゃにかき混ぜられる。

「ひあっ、あっ……んんぅ」

ただただ、ガブの手が与えてくれる快感に翻弄されていた。

もうなにも考えられないくらいトロトロにされていたい。そんなことを考えてしまう。

その瞬間、ガブと目が合って、ごくりと喉が鳴る音がした。

私の中は、ガブの指でいっぱいだ。絶えずぐちゅぐちゅと濡れた音を響かせてガブの指が暴れ回る。

ガブが、切なそうな顔をして、優しいキスをした。

「が、ぶ……？」

「入れていい？」

「ありがとう。……葉菜、愛してるよ」

ガブの首に腕を回したまま、聞かれている言葉の意味もわからずうなずいた。

「ふぁっ……！」

甘い言葉だけが脳髄に届いて、びくんと体が跳ねると同時に、圧倒的な質量のものが私の中にねじ込まれた。

快感に熟れていた頭が、痛みに染まる。

「いっ……! あっ、あ」

骨を無理矢理ずらされるような鈍痛が襲ってきて、息をすることさえ難しい。

「くっ……、葉菜、力を、抜けっ……!」

ガブが苦しそうな声を上げるけれど、どうしたらいいのかわからない。さっきまでの気持ちよさなんて吹き飛んでしまった。

痛くて痛くて、助けを求めるために、ガブの頭をさらに引き寄せた。

「ん? ここか?」

「ひゃあっ、ああん、今はそこ、ダメぇ!」

胸の頂を唇で挟み、やわやわと食まれる。痛みで遠のいていた快感が急に舞い戻ってきた気がした。

足の間は痛いのに、なぜだか、もっとしてほしい。

――もっと、もっと……!

ガブの頭を捕まえて、私はしっかりとガブの口に自分の胸を押し付けてしまった。

そんな私の反応に気をよくしたガブが、反対側の先端も指でつまんで、くにくにと形を変え始める。

「んっんっ、もっと、あっ……ぁん」

痛みよりも快感を追いかけたくて、私は体をよじる。どこもかしこも触れてほしい。どうしようと思うほどガブに触れられることは気持ちがよくて、ガブの手に触れられるのを、全身が待っているような気さえする。

「可愛い」

ガブはうっとりとつぶやき、下半身はつながったまま自分の体を起こした。

そうして両手で胸を掴む。両方の頂を親指と人差し指でつまんだり転がしたりを繰り返す。

ガブは私を見下ろし、反応を観察している。ピクピクと震えてしまうのが恥ずかしいのに、どうすることもできない。

こねられて、指で軽くはじかれるたびに、私の体は感情を無視してぴくんと跳ねる。

涙の溜まった瞳で見上げたところ、ガブはうっとりと私を見下ろしていた。

その表情に、胸がきゅんと疼く。

——と同時に、ガブが軽く呻いた。

「……っ、葉菜、いたずらするなよ?」

急に、眉間に皺を寄せて苦しげな顔をしたガブが、ほんのり頰を赤らめて私を見下ろす。

私は、意味がわからなくて首を傾げる。

次の瞬間、ずん……っと、音がしそうな勢いで、ガブのすべてが私の中に入ってきた。

「はっ……! あっ……」

痛みに息が止まった。生理的な涙がこぼれていったのがわかった。

咄嗟に手を伸ばした先には、私を心配そうに見るガブがいる。彼も手を伸ばし、私を愛おしげに見つめて、手のひらにキスをくれた。

私も痛いけれど、ガブも、目を閉じて苦しそうな顔をしていた。

苦しそうなガブの表情が色っぽく感じて、そんな場合じゃないのに胸が高鳴ってしまう。

しばらく見つめ続けていると、薄目を開けたガブが私の視線に気付いて笑う。

「もらった」

なにを? 私が問いかけの言葉を発する前に、深いキスをされた。

体の奥底までガブを埋められて、抱きしめられて、深いキスをされて、体中がガブのものになってしまったみたいだ。

「……動くからな」

私の唇を食みながらつぶやいたガブは、ゆっくりと腰を引いた。ようやくおさまって

いた気がしていた痛みも、動かれると痛い。

「んん……」

私が苦痛の呻き声を上げてしまうと、ガブは私の頭や肩を撫でながらキスをしてくれ

る。心配してくれる大きな手のひらが心地よくて、お返しに私からもガブの手にキスを

した。

「葉菜……」

呻くような声で呼ばれて視線を向けると、ガブがとても困った顔をしていた。

眉根を寄せた色っぽい表情が素敵で、優しく宥めるように私の体を滑らせていく大き

な手も大好きで。

苦しげなガブを見つめていて、はたと思い出した。男性は行為の時、ただ入れるだけ

でなく動いたりしないと気持ちよくないらしいと聞いたことがある。どこから得た知識

かも思い出せないくらい、出所不明な情報だけど。さっき、ガブも動くというようなこ

とを言っていたし、やっぱり動きたいものなのだろう。

それなら私はこの痛みを、できるだけ我慢するから――

「早く、動いて……」

ガブの頭を引き寄せて、耳元でささやいたのだけど、またもや失敗だったらしい。

ガブの喉から「ぐっ」と絞り出したような声がして、「この……葉菜が悪いんだからな」

と独り言をつぶやいた――かと思ったら、ガブの動きが突然速くなった。

「んあっ！」

ぐしゅっと濡れた音がして、ガブの切っ先が私の一番奥に当たった。あまりの圧迫感

に、息が止まる。

ぐちゅぐちゅっと卑猥な音を立てながら腰を叩きつけてくるガブに、抗議の声を上げる

余裕もなかった。

突然動きの激しくなったガブに翻弄され、揺さぶられ、喘がされて。

そのガブの勢いに流されるように、私の体も徐々に反応を返し始める。

「あっ、あっ、んうぁ………っ、はげしっ……」

途切れ途切れの私の喘ぎ声の中に、ぐじゅっ、じゅぷっという卑猥な音と、ガブの荒

い息遣いが混じる。

「葉菜、すごく可愛いよ……」

私の体は喜びのままに、高みへと昇っていく。

「や……、あああ、まっ……」

目の前にあったガブの腕を力いっぱい掴んだ。

「あ、ああ……あーーーー!」

「くっ……葉菜っ」

苦しげな声を上げ、彼の体が震えた。そして、数度こらえるように眉根を寄せたまま

びくびくと動いて、大きく息を吐く。

ガブは私を抱きしめたまま息が整うまでじっとしてから、体を起こした。

それから、ずるりと、ガブ自身を抜く。

……もうなにも入っていないはずなのに、股の間になにか挟まっているような感覚は

なくならない。

「出血したな……痛いか?」

あそこを見られているのだと気が付いて、急いで足を閉じて膝をお腹に引き寄せ、寝

たまま体育座りのような格好をした。

「だ、大丈夫。ちょっとは痛いけど、大丈夫」

相変わらず体を丸めている私を見下ろしながら、ガブは目を細める。

「気が付いてないのか？」

低く掠れた声で聞かれても、なんのことだかわからない。

「さっきよりも丸見えだ」

くちゅっ。

軽い音を立てて、ガブの指が私の中に突然沈んだ。

「ふあっ」

「私の白濁液を垂れ流しながらテカテカと光っている場所を見せつけるとは……。葉菜

はなんていやらしくて可愛いんだ」

ぐじゅっぐじゅっ。

ガブの指が出し入れされて、大きな水音が響いた。

「やっ……違うっ、そんなつもりじゃなくてっ……………あんっ」

ガブが出したもののお陰か、さっきよりも滑りがよくなったそこは、どんどん指を呑

み込んで、すぐに私から官能を引きずり出してしまう。

「なんだ、さっきよりも気持ちがよさそうだな」

ガブの指が、私の中で遊ぶようにバラバラに動き出す。

「そ、そんなこと、言わないでぇ……んあっあぁ……！」

恥ずかしいのに、気持ちよさに逆らえない。

私の中から熱いものが溢れ出して、お尻を伝ってシーツに落ちていく。

直後、おもむろにガブの親指が、蕾に触れた。くりっと一度こねられただけで、敏感

になりすぎた体は、容易く高みへと駆け上がり——

「んあああああぁっ」

達したあとは、指一本動かすこともできなくて、自分で両足を抱えて秘所を彼に晒し

たまま息を整えていると、ガブに抱き上げられた。

「ガブ？」

「うん」

ひょいと抱えられて、ガブと向かい合う格好で膝の上に座らされた。

「ガ、ガブっ!?」

この体勢は恥ずかしいと抗議しようとしたところで、あることに気付く。

「足の間に、なにか当たって……っん！ まさか、あぁぁっ。だめぇぇ」

ずぶずぶとガブの屹立が私の中に沈み込んでいく。

「ん……はあっ」

いろいろと抗議したいことはあったけど、ガブの色っぽいため息に、言おうとしたこ

とはすべて飛んでいってしまった。

「葉菜、気持ちいい……」

ぎゅうっと抱きしめられて頬ずりされた。ガブの甘えてくるような態度が可愛くて、思わず頭を撫でて頬にキスをした。

「私も気持ちいい」

ちょっと照れながらそう言うと……ずんっ……と、いきなり突き上げられた。

「ふあっ!? いきなり? ちょ……んあぁんっ」

「もう我慢できない」

我慢なんてしていないでしょ!? そんな抗議をする暇もなかった。

両腕を捕まえてガブが下から突き上げるものだから、重力が手伝ってかなり深くまで咥え込んでしまう。

「そんっなに、しちゃ、壊れ……ちゃう!」

私の声に、ガブはニヤリと笑う。

「突き上げるたびに胸が揺れて、私を誘っているようだ。そそられる」

さっきガブが中に出した白濁と私の蜜が混ざり合って、ぬちゃっぬちゃっと大きな水音が立つ。その音を聞くごとに、私は痛みを忘れていった。

上下に激しく揺れる胸にガブは顔を近付けて、胸の先端を捕らえてかりっと歯を立てる。その刺激で、私の頭の中は真っ白になり——

「んあああぁぁぁっ！」

体をそらしてガブに胸を押し付けて、私は気を失ったのだった。

　◆　※　◆

「ガブの馬鹿っ」

どれくらい経ってからかはわからないが、しばらくして意識を取り戻した私はベッドに横たわったまま抗議の声を上げた。体が怠くて、いまだ起き上がることができないのだ。

すると私の隣に片肘をついて横になったガブは、私の顎をくいっと上げさせた。

「私の理性を焼き切るような発言を、あの場面でした葉菜が悪い」

私が気絶している間に湯浴みを済ませたらしく、少し濡れた髪をかき上げながらそう言う。

……そんな仕草にときめいたりしないからね！　私は怒っている！　ダメだと言ったのに、話を聞いてくれなかったから！

──気が付けばもう、外が暗い。行為自体もじっくりたっぷりされてしまったし、そのあと気を失っていた時間もあるから、もう夜中だという。

「もう今日は、この部屋で休め。明日の朝、部屋に連れて帰ってやる」

ガブが寝る準備をしつつ私に言った。ここで、寝るということは……

「ガブと一緒に寝るの?」

それは少し嬉しいかもしれない。大好きな人に抱きしめられて、撫でられながら眠ることを想像した。

そう思って笑うと、息を呑む音がして、うっとりとした表情のガブが、舌なめずりして言った。

「……もちろんだ」

──またもや私は失言をしてしまったらしい。

その後、声が嗄れるまで愛されることとなった。

今後、言動には十分気を付けようと心に誓いながら、恋人と過ごす初めての夜は更けていった。

4

葉菜を腕の中に閉じ込めてしまいたいと、何度願ったことだろう。

私——ガブスティルは、満ち足りた気持ちで、隣で寝息を立てる葉菜を見つめる。

葉菜の純潔を散らした直後だったというのに、二度三度と立て続けに求めてしまった。

だが、二度目の行為のあと『もう遅いから部屋に泊まっていくように』と言った時、葉菜が嬉しそうに布団から目だけ出してふふっと笑ったのが悪いのだ。

そんな可愛い表情を見せられて、なにもしないでいられるほど、私はおとなしくない。

覆いかぶさったら『もう疲れたんだけど!?』という文句が聞こえたが、無視してキスを繰り返し続けた。すると、葉菜の瞳はとろんとして、顔は火照っていった。

その表情を見た途端、たまらなくなって執拗なほどに深く舌を絡めてしまう。

キスの合間に、彼女は恨めしそうな瞳を向けてくるけれど、あの黒い潤んだ瞳で見つめられると理性が焼き切れるのだ。

葉菜のすべてを見たい。恥ずかしい格好をさせて喘がせて、啼かせて、私がほしいと

言わせたい。女性の体を観察する趣味が自分にあるとは思わなかったが、葉菜の痴態は

じっくりと視姦したい。

　私のよこしまな思いなど知らない葉菜が、身じろぎをした拍子にしがみ付いてくる。

そんな彼女を抱きしめ返しながら、葉菜の黒髪を梳く。

　目を閉じて、思う──ようやく、手に入れた。

　葉菜がこの世界に現れたのは、祭りの日のこと。

　その祭りの中の一行事『召喚の儀式』によって巫女姫たちは呼び出された。私は祭事

場の警備を取り仕切っていたのである。

　『召喚の儀式』は、我が国に古来より伝わる文献によると、それを執り行うことによっ

て黒き姫を呼び出せるものらしい。しかしそれは伝説のようなもので、実際に姫を召喚

したという話は聞いたことがなかった。儀式によって巫女姫が呼び出せるなど、誰も信

じていなかったのだ。

　だが近年、我が国は長く続く災害と、隣国からの圧力に苦しんでいる。そのため、儀

式の際に人々の捧げる祈りが大きくなっていることを肌で感じていた。

　──我が中央国は、東西南北を大きな四国に囲まれた小国である。

周辺の四国は互いに対立し、我こそが大陸の覇者にならんと、他国の情勢を窺っていた。

その際に邪魔になるのは、どの国にとっても中央国だった。

中央国は経済発展を遂げるため、商人に訪れてもらえるよう、通行料や関税をできるだけ安く抑えていた。それが功を奏して、中央国は商人の多く滞在する国となったのだ。

そして、商人が歩けば道ができ、多くの主要な道路は、中央国につながることになる。

商人でも軍隊でも、多くの人間を移動させようと思ったら、中央国を通るのが一番便利なのだ。

中央国は小さいながらも経済的には潤った国である。物資が豊かで、軍事力もそれなりにあるため、中央国と戦争をするのは容易いことではない。

そのような状況で、緊迫感はあるものの、なんとか均衡が保たれていた。

しかし最近、どうやら北国と西国が手を結んだという情報が流れてきた。

それを裏付けるように、両国が我が国の国境付近まで軍を進めてきている。

――中央国には、かつて戦争で負った凄惨な傷がある。周辺四国すべての戦争に巻き込まれ、右も左も敵だらけ。街はずたぼろになった。

民衆が願うのは平和。あの過去を繰り返したくはないという願い。

その願いが高まってきている時に、祭りは行われた。『召喚の儀』にかける人々の想いにも、特別なものがあったのだ。

人々の祈りが一つのうねりになって、それが魔力を構成させていく。国中が祈りで包まれていた。願いは祈りに、祈りは力になり空へと昇る。

そして——祭壇が光に包まれて、中から瓜二つの少女が二人現れたのである。

二人ともびっくりしたように周りを見渡し、一人はすぐに泣き始めた。

もう一人は、怯えたような顔をしていたが、もう一人が泣いているのを見た途端、爆発した。

それは文字通り、爆発だった。祭壇を破壊し、泣き叫ぶ人を弾き飛ばした。

自分が発した力によって起こったその光景を見た彼女は、驚いて、心配して、ショックを受けているようだった。ただ、目を見開いて泣いていた。

自分が動くたびになにかが壊れていく様子を恐怖しながら見回し、『助けて』と全身で訴えているようだった。

しかし、自分自身が誰よりも怯えながらも、隣にしゃがみ込んで泣く片割れに気付いた途端、彼女は変わった。もう一人を守ろうとしたのだ。

——それを見て、私は彼女を守ることに自身が持つすべての力を使うことを決めた。

魔力を無駄にしないため、自分の身を守る結界すら張らずに、彼女にゆっくりと近付く。

近付けば近付くほど、鎌のような魔力が飛んでくるが、すべての魔力を出し切って彼女自身に結界を張った。

彼女の心を守るために。

どんどん怯えて小さく縮こまっていく彼女に、ゆっくりと確実に近付いていった。

そして、ようやく手を握ると、火傷のように手が痛んだが、そんなもの無視して呼びかける。

「こっちを見ろ」

一度呼びかけただけでは、顔を上げてはくれなかった。まるで、私のことを吹き飛ばしてしまうのを怖がっているように感じられた。

自分のことだけで精一杯なはずの状況にもかかわらず、他人を思いやれる少女に感嘆しながら、彼女の顔を両手で持ち上げて、もう一度呼びかける。

彼女の頬は柔らかくて、自分の手が汚れてガサガサしているのを申し訳なく思いながらも、ずっとこの手の中におさめていたいと思った。

彼女は、迷うように瞼を震わせつつ、ゆっくりと顔を上げる。そうして現れた瞳は、黒く輝いていた。こんなに美しいものは見たことがない。

美しい黒目が、縋るように揺れながら私を捕らえる。

その瞬間、そんな場合ではないのに、周りからこの少女を隠してしまいたいという衝動にかられた。彼女が見るのは自分だけでいい。そんな独占欲が湧き上がる。

こちらを見て、私と視線が合ったことで少し落ち着いたのか、彼女の爆発的な魔力が収束していく。自分が彼女に安心をもたらしたのだと思うと、そのことにひどく優越感を覚え、とても気分がよかった。

しかし、そんなことを考えていられたのは一瞬だった。力の爆発が止まり、周囲を見渡す余裕ができた少女の顔色が、どんどん白くなっていく。

「壊してしまって、すみませんでした。止めてくれて、ありがとうございます」

理知的な色の瞳で、こちらを見て謝罪と感謝を述べた。

どうして、この状況でそんなことを言えるのだろう。

次の瞬間、隣にしゃがみ込んでいた彼女の片割れが、私を睨み付けてきた。まるで、この子が謝罪することが気に入らないとでも言うかのようだった。

だが、そんなものこちらだって同じだ。

「こっちの都合で勝手に喚び出した我々に詫びる必要はない」

腕の中の少女にそう答えると、驚いたように目をぱちぱちとさせて、はにかんだ。

──この時の私の受け答えは、どうやらもう一人の少女にも、合格をもらえたらしい。

もう一人の少女は、それ以後、私を見ることもせずに治癒の術を放っていた。

私も後片付けに走るべきだったが、この腕の中の少女を離す気分⋯⋯どころか、他の奴に任せる気にならず、彼女の頭を撫でながらその場に留まり続けた。

本当に落ち着いたのか、周りを見ながらきょときょとする様子が可愛い。もう一人や、周りの人間が動き回っているのが気になるのか、そちらに行きたそうなそぶりを見せる。

だが、私が頭を撫で続けているため抜け出せず、困ったように見上げて、どうしようかと迷っているようだった。

──こっちのほうがどうしようかと思う。

神の御遣いとしてここに現れたであろう少女に対し、頭を撫でて、困った様子を見て喜んでいるなど、不敬にもほどがある。

⋯⋯だが、少し顔が赤くなったこの子を、他の人間に任せる気など、とっくになくしていた。

その後、二人の巫女姫が現れたことは、あっという間に周辺国の知ることとなった。二人の力は、我が国には、こちらが把握しきれていない間諜が多く入り込んでいる。

彼らを通じて、その日のうちに知れ渡ったようだった。その証拠に、国境付近に集まっ
ていた隣国の軍が、撤退とまでいかずとも、下がったという連絡を受けた。その連絡に、
城は沸いた。さすが神の遣いだと。

二人の少女は、黒姫と白姫と呼ばれることとなった。

白姫である陽菜様は「白姫様の、なんと慈悲深いことか」と、周囲の人間に慕われた。

曰く、守らねばと思うほどにか弱いのに、凛とした佇まいが美しい。

曰く、目を伏せて嬉しそうに微笑む姿が、恥ずかしそうに見上げてくる視線が、どう

しようもなく可憐だ。

王子殿下や、次期神官長と言われるジェシール様まで、彼女に跪いた。

反対に葉菜は「黒姫様は畏れ多く、近付きがたい」と、敬遠されてしまった。

こちらの世界へ来た当初、葉菜は魔力の暴走を非常に怖がって、周りの人間と接触を

したがらなかった。

だから葉菜が笑顔を向けるのは、陽菜様と私だけ。そのことに優越感があったことは

認めよう。この自分だけが特別という状況を壊したくないという思いはありながらも、

このままでは葉菜の評価はよくならない。

そこで私は、二人に魔力の制御方法を教えることを申し出た。

すると陽菜様はにっこり笑い、「自分でできるから、大丈夫です」と断った。表情こそ笑顔だったが、『疲れるから、訓練なんて面倒くさい』という思いが言外に表れていたし、力を使うことで自分の体力を消耗するのを心底嫌がっているように感じられた。

さらに彼女は、私の葉菜に対する想いにいち早く気付き、恋路の邪魔をしてきたりもしたのだ。

――これのどこが慈悲深いというのだ。

陽菜様は器用で要領がよく、愛想のいい表情とは裏腹に狡猾なタイプだ。そんな彼女を可憐だと評する人間の気が知れない。

葉菜のほうがよっぽど純粋でまっすぐで、他人のことを一番に思いやれる優しい性格だ。

そう思うにつけて、白姫と黒姫、もし神が与えた力が逆だったら、この世界は脅威にさらされていただろうと考える。

葉菜がもし治癒力を与えられていたら、力の限りに人々を助けて自分が壊れてしまうだろう。

真に慈悲深いのは、葉菜のほうだ。

そういう葉菜のよさを知っているのは自分だけでいいと思う反面、彼女が周りの人々

から誤解され、悪く言われるのは我慢ならない。

——そんな相反する想いを抱えたまま、ひと月ほどが経過していった。

毎日訓練を繰り返せば、その頑張りの成果が出て、葉菜は少しずつ魔力を制御できるようになる。すると、ようやく少しだけ自信がついたようで、城を歩き回るようにもなった。

周りに少しずつ笑顔を見せるようになったことは仕方がない。

——仕方が、ない。だが、気に入らないものは気に入らない。

モヤモヤとした気持ちを抱えつつ、昼食を取って葉菜たちの部屋の護衛に戻ったところ……陽菜様だけになっていた。

「葉菜様は?」

「情報収集に行くんだって」

聞けば、陽菜様の結婚相手にふさわしい相手を見つけるため、情報収集をしているらしい——なぜ、そんなことを?

巫女姫様たちは神の遣いとして崇められている存在で、なに不自由ない生活が約束されている。結婚相手探しに躍起になる必要はないと思う。心底不思議に思って問いかけ

ると、陽菜様もよくわかっていない様子だった。

「まあ、可愛いから、放っといてるけど」

「放っておいていいはずがないですよね？」

たとえ敷地内とはいえ、一人で出歩くなんて不用心だ。

「護衛はついていったわよ？」

「私でないとダメです」

葉菜は魔力がとても強い。万が一なにかあった時、私以外では抑えられない。それに、いついかなる時でも、私の手の届く範囲にいなければならない。そう力説したところ……

「重い」

過保護すぎて愛情が重い、と言われたが知ったことじゃない。

可憐だと言われる笑顔とともに放たれた言葉に応戦してから、私は葉菜を探しに出かけた。

つきまといすぎだとか言われても、自分以外が葉菜を守っていることが許せないのだ。

最近、葉菜が可愛すぎてどうしようかと悩む。『ガブスティル』と上手く発音できずに『ガブ』と短縮して呼ぶことなど自分にとってはどうでもいいのだが、「略すな」と言えば、困ったような拗ねたような、自分にしか見せない表情をするため、つい意地悪

をしてしまう。

周りが、葉菜の魅力に気が付く前に自分のものにしておかなければと考えていた。

それに、たとえ陽菜様の結婚相手を探すためだったとしても、他の男のことを調査していることにもムッとする。

――こんな風に葉菜への想いが募り募った、ある夕食の席でのこと。

その日は、王子とジェシール様が同席していた。私は食堂の後方、葉菜のうしろに立ち護衛にあたっていた。

すると突然、葉菜があのイケメン二人を熱く見つめるではないか。今まではなかった事態に、私は動揺した。

そして、自分もその視線の中に入れてもらおうと思って、立ち位置を変えてみたが、移動した途端に俯かれてさっぱり視界に入らせてもらえなかった。

そんな私の様子を見た陽菜様には嘲るような言葉をかけられるし、イライラは最高潮に達し……無理矢理葉菜を自分の部屋に連れ込んでいろいろした。そして今に至る。

――きっかけは衝動的なものだったが、この想いは本物だ。もう絶対に離さない。

安心しきった様子で隣で眠る葉菜のおでこにキスをしてから、私も眠りについたのだった。

5

記念すべき初体験の翌日は、朝帰りどころか、起きたら昼だった。

しかもそれからまたガブに押し倒されてしまったため、私――葉菜がガブに付き添わ

れて自分たちの部屋に戻ったのは、夕方になってから。

部屋に着くと、そこにはものすごく不機嫌な陽菜がいたのだった。自業自得だから、

私は陽菜のご機嫌取りを頑張った。

そして、ようやく許してもらってほっとしていると、陽菜がため息を吐く。

「葉菜の力、いいなあ」

ぽつりとつぶやいた陽菜の言葉を、聞き間違いかと思った。

「爆弾が?」

そう聞き返すと、当然のようにうなずかれた。

どこが。なにがいいと言うの。こんな、壊すだけしか能のない兵器が。

「私は、陽菜の力がほしかった」

思わず、本音が漏れた。

言ってしまってから、息を呑んで唇を噛みしめた。言う気なんてなかったのに。

そんな私を眺めて、陽菜が「ああそっか」とため息のような声を漏らしてから言葉を続ける。

「だからだわ。私、神様は与える力を間違えたのかと思っていたの」

驚くことを言う陽菜に、私はなにも言えずにただ黙って見ていた。

「多分、葉菜が治癒の力を持っていたら、全世界の人を救おうとするんでしょうね」

陽菜の言葉を、私は反芻する。

全世界の人を、私だけの力で？

途方もない話だ。できるわけがない。一人の力は決して無限ではない。

「もし葉菜が治癒の力を与えられていたら、病が流行した時なんかに真っ先に死ぬのは葉菜だったでしょうね」

一人の力なんてたかが知れていると思いながら、陽菜の言葉を否定はできなかった。

だって、助けられる力があるのに。その力を自分が持っていたら、使わないわけがない。それこそ、自分の命を削ってでも。

「そして、私が破壊の力を持てば……」

手のひらを見つめる陽菜の目には、なにが映っているのだろう。

数秒間、じっと自分の手を眺めたあと、陽菜は顔を上げて、いつも通りの可愛い笑顔を見せた。

「そうね。私たちが与えられた力がこれだったことが、この世界にとって最良だったのね」

そんなこと、考えたこともなかった。

私が陽菜の力を羨むように、陽菜も私の力を羨んでいた。

——与えられた力が逆だったら、お互いにありったけ使っていただろうなと思う。

「葉菜、大好きよ。私は葉菜が好きで、葉菜だけなのに。それが苦しい。この世界で、葉菜が私以外を好きになってしまったら、私は一人ぼっちになってしまうじゃないの」

陽菜は今にも泣きそうな顔で、私の手を握りしめた。

ストレートに伝えられる言葉に、顔が熱くなった。妹に面と向かって言われると照れてしまう。

だけど、なんとなく、今の陽菜は不安がっているような気がして、私もストレートに言葉を返した。

「私も。陽菜は、どんなふうにしてても、可愛い」

部屋にはガブや他の護衛、それに侍女さんもいるけど、そんなことは構わなかった。

努力して作り上げた可愛い陽菜も、黒いことを考える陽菜も、全部可愛いと伝えたのだ。

「でも、葉菜は私以外に好きな人を作ったじゃない」

拗ねたように頬を膨らませる陽菜の言葉に、みるみる頬が熱くなる。昨晩のことを思い出してしまった。

「それとこれとは別だよ」

「なにが別なのよ」

責めるような口調になった陽菜が、詰め寄ってくる。私はちょっとたじろぎつつも、まっすぐに陽菜を見つめた。

「陽菜は、なにがあっても妹だもん。もしも離れて暮らすことがあっても、陽菜が陽菜なのは変わらないし、陽菜になにかあったらわかる気がする」

そう言って微笑んだら、数名の護衛が慌てた声を上げる。

「ガブスティル様、そのように力を溜めては……」

声がしたほうを振り返ると、なぜか手に魔力を溜めたガブが立っていた。

「……ん？ ガブはどうしてそんなことしているんだろう。

力を溜めた手を、なぜか陽菜のほうに向けているし、なにしようとしていたの？

私が不思議に思っている間に、ガブと陽菜はなにやら目配せしていた。

それから陽菜は私に向き直り、なぜかちょっと得意げな表情をする。

「……葉菜にとって、私が一番?」

『あそこで私を睨んでいる護衛より?』——そんな声が陽菜から聞こえた気がする。

「一番とかじゃないよ」

そう答えた瞬間、ガブがガタッと大きな音を立てた。なんだかちょっと動揺しているようだ。でも……なぜ?

ガブの行動の意味はよくわからないけれど、今は陽菜との話のほうが重要な気がする。

「陽菜は陽菜だもん。順位なんてない。唯一だよ」

「そっか」

私が答えると陽菜は、肩の力が抜けたようにつぶやいた。

それから、なぜかガブのほうを振り返り、ニヤリと笑う。

その様子を見て、うんざりした表情をガブがした時——ドアをノックする音がして王子がジェシール様を従えて入ってきた。

「すまないね、邪魔だったかな」

王子の言葉に、ガブと陽菜と私が三者三様の返事をする。

「ええ」

「そんなことありませんわ」

「ええと……はあ……」

そんな私たちの反応を、王子は特に気に留めていないようだ。いつも通りニコニコしている陽菜だけを見て「今日もお美しい」と、お決まりのセリフを吐いてから、真剣な顔をした。

「ガブスティル、伝達事項がある。お二人にも聞いていただきたい」

王子の緊張したような表情に、私は背筋を伸ばし、陽菜は怖がるように私の腕にしがみ付いてきた。

その様子を、王子は目を眇めて見ながら口を開く。

「周辺国の大使が、巫女姫たちに祈りを捧げたいと要請してきている」

「まあ」

陽菜が口を手で押さえて驚きの言葉を発する。

「祈り……？　私たちに？」

私はおずおずと口を開いた。なにかを望まれても、なにもできませんよ？」

祈られても、なにもできませんよ？

しかも私は、魔力のコントロールがイマイチで……と、そこまで考えてハッとした。

私たち二人に祈りをと言ってはいるが、周辺国の狙いは陽菜だ。この間の伯爵のように陽菜の力を得たいと考えてのことだろう。

「陽菜は、渡しませんよ?」

私が全力で守る。

睨み付ける私の視線を真正面から受け止めて、王子は苦々しい顔になる。

「当然だ。白姫と黒姫がほしいと言われても、我が国は全力で抗う」

私はともかく、陽菜は……そうか、今のところ王子に寵愛されているのだった。でも、王太子妃という立場でもない人物を、国はどの程度守ってくれるのだろう。

急に不安になり、黙り込んでしまう。

すると突然、周囲に緊張が走ったように感じた。

それを感じ取った私は、周りを見渡す。侍女さんも護衛の方も、青い顔でこちらを呆然と見ていた。

気が付くと王子が右膝をつき、左の手を握りしめて床についていた。

これがどういう意味を持つ仕草なのかはわからないが、周りが息を呑んだことから、王子たる彼がやっていい姿勢ではないのだろう。

そして、彼のその姿勢に倣い、周りの者が次々に両膝をついていく。

日本で言えば、土下座のような体勢だ。

「なに……？」

思わず口を突いて出た声は、震えていた。どうして、突然こんなことをされているのかわからない。

「この国に留まっていただけるのならば、どんな望みも叶えましょう。私どもは、すべてあなた方の足元に平伏します」

王子の、淡々とした声が聞こえた。

さっきまで、にこやかにお茶を入れてくれていた侍女さんも。今朝、にこにことドレスを一緒に選んでくれた侍女さんも。すっかり顔なじみになってしまった護衛の方も。王子と共にやってきていたジェシール様までもが頭を床につけた。

──どうして。

さっきまで、みんな気さくに笑っていてくれたのに。足元に平伏って、なに。誰がそんなことを望んだの。誰がそんなことをさせたの。

それは、私の魔力のせい？ この、恐ろしい力のせい？

焼き付くような痛みが胸に走り、まさかと思って振り返ったそこには──

堂々とまっすぐに立つガブがいた。

この部屋で、私と陽菜以外に膝をついていないただの一人。

思わず、手を伸ばした。

私はガブに、伸ばした腕ごと体を包み込まれた。

「葉菜、大丈夫だ。お前のせいじゃない」

耳元でささやかれる言葉に、涙が溢れた。

ガブの背に、縋り付くように腕を回した。

「なに……してくれてんの、このノータリンは」

陽菜のすごく低い声が聞こえた。

まずい。真面目なお怒りモードだ。

ガブの胸に掴まったまま振り返ったその先には、満面の……黒い笑みを浮かべ、王子の前に立つ陽菜がいた。

「の——……?」

王子が顔を上げて、不思議そうに陽菜を見た。

「ああ、ごめんなさい。私ったら語彙が多いものだから、殿下には理解できない難解な言葉を使ってしまいましたのね」

陽菜は左手の指先だけを頬に添える優雅な仕草をしながら、首をゆっくりと横に

振った。

そして、小さな子に教えるように、床に膝をついている王子に言う。

「なんて、脳みそが足りない方なのかしらっていう意味なの」

「は……？」

王子のポカンとした顔が痛い。

「誰が平伏してほしいなんて言ったの？」

ふふふっと、声を上げて笑う陽菜は、いつも通り可愛い。

だが、話す内容は誰にでもわかるほど、非常に嫌味たっぷりだ。

「やだ。平伏したくらいで、私たちがここに留まるとでも思ったの？　随分安く見られたものね。そんな簡単なことなら、他の国も喜んでするわ。私たちを馬鹿にしているの？」

誰も、動けない。

私も、動けなかった。

「さっき、どんな望みでも叶えてくれるとおっしゃったわね？　じゃあ、この国の名前が嫌いだから隣国の属国になってくださる？」

陽菜は、ころころと鈴を転がすように可愛らしい声で笑う。

「ああ、そうね。適当にそこら辺の人間を連れてきて、この人を国王にしま～すってい

うお願いを聞いてもらうのも面白そうだと思わない？」

うふっ。陽菜はそんなふうに肩をすくめて笑う。

王子は答えない。

「なにも答えてくれないのね？　そっか。ただ単に、贅沢をさせてくれるという意味だっ

たのかしら？」

陽菜の声が残念そうな声色に変わる。

そして、思い付いたと言わんばかりに、はしゃいだ声を上げた。

「だったら、世界中の砂糖を集め尽くして。私、砂糖でできたお城というものに住んで

みたいわ。ねえ、素敵だと思わない？　雨で溶けてしまったらもう一度作ってくれる

んでしょう？　大きなお城を作るとなれば、市場に出回る砂糖はなくなるだろうけれ

ど――してくれるでしょう？」

答えなさいとでも言うように、陽菜は足を踏み鳴らす。

ごくり、という喉の音と、苦しげな王子の声が聞こえた。

「いえ……」

その言葉に、陽菜の表情から、笑みが消えた。

「できないことをぺらぺらと、うさん臭い笑顔で語ってんじゃないわよ。――反吐が出る」

あ〜あ。やっちゃったとしか言えない。

可愛らしい口調も保てないほどに怒っている陽菜を見るのは久しぶりだ。

「それとも、見目麗しいあなたとジェシール様が跪くだけで私たちが言いなりになると

でも思った？」

陽菜は王子の目の前に立ち、しっかりと王子を見下ろす。

わざわざ胸の前で腕を組んで、見下していますと態度に表しながら。

それから陽菜が王子の頭に手をかけた。

「陽菜っ！　それ以上は——」

思わず呼びかけて手を伸ばす。

けれど、遅かった。

全体重をかける勢いで、陽菜が王子の頭を床に叩き付けた。

「ぐっ……！」

痛みか、屈辱か。初めて王子が苦しげな声を上げた。

「こんなことするのは、あなただけで充分。他の者を追随させるのはやめて。私たちが、

こんなことを望まない人間だとわかってくれている人たちもいるのに、あなたがそれを

したことで、続かざるを得なかった」

その言葉を聞いた途端、この部屋付きの侍女さんたちの肩が反応して揺れた。

「……そうなの？

本当に、自分たちの意思でしたわけではないのね？

平伏しているわけではないのね？

陽菜が手を離しても、王子は頭を上げなかった。

陽菜はそれさえも鼻を鳴らしただけでなんの言葉もかけない。

「今叶えてほしい本気の望みがあるわ」

陽菜が、笑みを含んでいない声を出した。

「——二度と顔を見せないで」

それは、完全な拒絶だった。

次いで、陽菜は急に畏まった口調で王子に語りかけた。

「今、隣国に行こうなんて考えていません。……今した数々の発言も、軽率だったと反省しています。私たちはここで、どれだけよくしてもらっているかを理解しているつもりです」

「はあ。葉菜、少し待ってろ」

陽菜はガブに視線だけで『王子を外に出せ』と促した。

ガブは、ため息を吐いたあとで、ちゅっと音を立てて私の頬にキスをして、腕を離した。

って、みんなる前でなにしちゃってんの!?

真っ赤になった私を、陽菜が笑って眺めている。

そんな風に陽菜に見られて、私も『ありがとう』と笑顔を向けた。

陽菜が怒ったのは、私のためだとわかっている。いきなりみんなから平伏され、みんな私を怖がっているからそんなことをするんだと怯えた私に、そんなことないと伝える

ために怒ってくれたのだ。

ガブが、気に入らなさそうに陽菜を見てから、王子に近付いていく。

「はい、行きますよ。運びますよ。放心してないで、少しは自分で動いてください」

ガブが適当に王子を部屋の外に運んでいく。

そんなに手荒に扱っていいのだろうか。王子は腕だけを掴まれ、ずるずると引きずら

れていった。

そうして、王子を廊下に出してひょいっと振り返ったガブに、陽菜は顎で示す。

「そっちも」

綺麗な顔を驚きに固めたままのジェシール様だ。

ガブは嫌そうに顔を歪めて、けれど逆らわずに、王子についてきた他の侍従たちも同

じょうに廊下へ連れ出した。

全員を廊下に出して扉を閉めたところで陽菜はうなずき、部屋に残った侍女さんたちに言う。

「さ、今のはなかったことにしてほしいな。最敬礼も、してほしくない」

「わ、私も!」

陽菜の凛とした声に助けられるように、私も声を上げた。

すると侍女さんたちは泣きそうに顔を歪めて寄ってきてくれた。

「申し訳ありません」

侍女たちは口々にそう言い、丁寧に腰を折った。その瞳には、みんな一様に涙が滲んでいる。

私はこの世界にきて初めて、陽菜とガブ以外に仲間ができたように感じて嬉しかった。

◆　❖　◆

次の日のお昼過ぎ。

私と陽菜が自分たちの部屋のソファで談笑していると、ドアをノックする音が鳴り響

いた。

「やあ!」

満面の笑みの王子がやってきた。なんだか、いつもよりフレンドリーだ。昨日あんなことがあったのに、にこやかに登場できるメンタルの強さには感心する。

「葉菜、この果物、とてもおいしいわ」

「あ、あ……えと、そだね」

陽菜は完全無視することに決めたようだ。だけど、私はそこまで器用じゃない。王子をいないものとして扱う陽菜に、このにこやかな王子の取り扱いをどうしようかと、チラチラと王子に視線を向けた。

すると、突然体が浮き上がって、耳を舐められた。

「ん、なっ!?」

なにが起こったのかと振り向けば、いつの間に近付いてきたのか、ガブが私を抱きかかえて膝に乗せ、ソファに座ってしまった。……背後の人は、ただのクッションだと思おう。きっとそれがいい。

そのクッションは、私の耳元で小さくささやく。

「殿下ばかり見ていたら、ここで濃厚なキスをする」

見ません！　見たこともありません！　ガブの低い声の脅しに、即座に果物だけを見つめることにした。

「見つめるなら、私にしてはどうか？」

いいこと思い付いたと言わんばかりの声が耳元で聞こえるが、反応できない。

私がガブのことを気にせずお茶を啜ると、後頭部に頬ずりされた。

……今の私の反応に満足したらしい。クッションはご機嫌のようだ。もう、どうしたらいいんだろう。　迷惑すぎる。

顔を熱くしながらも平静を装って向かいの席に座る陽菜と会話をしようとすると、無視されていた王子が陽菜の隣に座った。

「私にもお茶を」

王子がそう言えば、即座に準備されるティーカップ。

そりゃそうだ。　私たちは巫女姫という立場だけれど、一介の使用人が陽菜と同じ態度を取れるはずもない。

「陽菜様、ご一緒させてください」

にこにこと陽菜に話しかける王子は、私とガブは無視することにしたらしい。

うん、それがいいと思う。　自分以外の誰かが私に話しかけると、このクッションは怒

り出しそうだから。

陽菜は、私の状況を見て、呆れた顔をしてから、王子へ満面の笑みを向けた。

「殿下、私は葉菜と二人でお茶がしたいのです」

「ここにはすでにガブスティルもいるでしょう？　ならば私も一緒に……」

陽菜の断りの文句を即座に否定しようとした王子の言葉に、陽菜はさらにかぶせた。

「あれは椅子です。葉菜の椅子。私は葉菜と二人きりで休憩しております」

この背後のクッションは、陽菜には椅子に見えるらしい。

なるほど。もう、椅子でもいいか。

そんなことを考えていたら、椅子が私の耳を舐めたりしたので、後方へ向けて思い切り頭を振ってみた。「ぐう」と呻く声がしたけれど、椅子の心配など不要だ。

その様子が目に入っているはずなのに、こっちは完全無視して、陽菜に笑顔を振りまく王子を見て、陽菜も笑みを深くする。

「殿下、私が昨日言った願いは聞き届けていただけないのですか？」

人差し指を顎に当てて、首を傾げる陽菜。ちょっと引くくらい作った仕草だ。だけど、不思議とさまになっていて、可愛いと私は思う。

「砂糖の城？　陛下のすげ替え？　ああ、陽菜様、それはできないのです」

非常に残念そうに両手を広げて首を振る王子。

「……なんだろう、この二人は。

芝居がかった演技を、二人して繰り返して。

「そんなものではありませんわ。……ああ、殿下。そういえばノータリンでしたわね。昨日のことも覚えていられないほど記憶力がないみたいだなんて」

ほう……と、切なげなため息を陽菜が吐く。

王子が「あなたにそんな顔をさせるなんて！」とかなんとか叫んで、陽菜が笑って、王子が笑って、陽菜が怒って、王子が嘆いて……

「…………あの、それって、面白いの？」

思わずそう聞くと、陽菜にギロリと睨まれた。

「面白いわけないでしょ！」

陽菜が叫んだ。

突然変わった陽菜の口調に、王子の表情が嬉しそうなものに変わった気がする。

「なんなの、あんた！　顔見せるなって言っているのよ！　そんなことも理解できないの？　馬鹿なの？　その頭は飾りなの？　役に立たないただの飾りなら、それらしく人

間様のご迷惑にならないように、片隅でじっとしてなさいよ！」

陽菜って体力ない割に意外と肺活量はあるよなぁと感心する。これだけのセリフを一息でまくし立てるのは並大抵じゃない。

そんなことを考えながら、ちらりと王子を見ると、なぜかうっとり顔。ちょっと気持ち悪い。

王子の表情を見た陽菜は、さらに憎々しげな顔をする。

その顔を、王子は愉快そうに眺めて、肩を揺らして笑った。

——少し、意外だった。

昨日の一件で、いつもにこやかにしていて可愛い陽菜の姿に好意を寄せていた人たちは、明らかに引いているようだった。ジェシール様も今朝会ったら、かなりよそよそしかったのだ。

周りの人の態度が激変したのを見ても、陽菜は『別にいいわ』と笑っていたけれど。

陽菜のその強さを、私は綺麗だと思う。強がりを言っている部分もあったと思うけれど、

そんなところは可愛いと思う。

だけど、そう思わない人も大多数いる。王子もそちら側の人間かと思っていたけれど、

どうやら違ったらしい。

感心しながらそんなことを考えていると、突然立ち上がった王子は、陽菜に跪いた。

「美しい」

「……聞き間違いだったろうか。そう思ったのは私だけではなかったようだ。

「はい?」

陽菜は、王子に手を取られそうになるのを避けながら引き気味に聞き返した。

「愛らしい白姫と、苛烈な陽菜様。両方が同じ人間の中に存在するだなんて」

「ちょ、なに? 近付かないで」

あ、面白い。 陽菜が怯えてる。 思わず笑ってしまうと、「葉菜、覚えてなさいよ!」

と睨まれた。……陽菜って、視野が広い。

「ああ、素晴らしい。あなたのような方が存在するだなんて。奇跡だ」

「なんの冗談なの」

陽菜は気味が悪いという感情を隠さずに言ったのに、王子は首を傾げながら微笑んだ。

「あなたのことを愛おしいと言っているのです」

「その冗談を言うために、今日はわざわざいらっしゃったの?」

陽菜はわざと顎をつんと上に向けて王子を見下ろし、口の片端を上げて笑う。

その表情にさえ、王子はにやりと笑った。

「慈悲深き聖女の顔に、強い精神を持つ。これ以上に美しい女性がいるでしょうか」

その言葉に、私は泣きそうになってしまった。

「あなたを美しく思わない人間はいない」

そう、私だってそう思う。同じように思ってくれる人がいることが嬉しかった。

陽菜は少し眉根を寄せただけで、王子の言葉に直接は答えないままに、別の言葉を投げかけた。

「ジェシール様は来なくなったわ」

陽菜は、怒りも悲しみも言葉に宿さずに、ただ事実を告げた。だけどその裏にある陽菜の思いを汲み取った王子は、軽く笑って答えた。

「女性の好みが私とは違うのでしょう」

王子は膝をついたまま、器用に前へ進む。王子が進んだ分、陽菜はソファから立ち上がって逃げた。

「結婚してください」

「嫌」

王子の告白（多分）に……間髪容れずに返事をする陽菜に、王子は笑みを深める。大変嬉しそうだ。

「任せてください。きっと、あなたも私を愛するようになります」

無駄に自信満々な王子に向かって、陽菜が叫ぶ。

「嫌！」

まあ、そうだろう。なにを任せてほしいのかさえもわからない。

私の冷ややかな視線など無視して、陽菜だけを見つめ続ける王子。必死で首を横に振りながら、じりじりと離れようとしている陽菜。こんな風に押される陽菜、あんまり見たことがない。しかも王子は、陽菜の反応を見て楽しんでいるように思える。

——そんなこんなで、陽菜への王子のアプローチが始まったのだった。

◆　❖　◆

それからの日々は、とても慌ただしかった。気が付けば、私たちがこの世界にやってきて、すでに半年が経過しようとしている。

ここ最近は、城も神殿も周辺各国の賓客たちを迎える準備に追われているようだ。

以前、王子が言っていた周辺四国の大使たちの来訪が本決まりしたからである。

準備が忙しいのは、王子ももちろん例外ではない。というか、国王の次くらいに忙しい。

それなのに近頃の王子ときたら、日に何度も私たちの部屋を訪れては、こんな会話を繰り返している。

「ああ、私はもう行かなければなりません。また来ます」

「来ないでください」

「つれないあなたも素敵だ」

「そんな暇があれば、仕事をなさってください」

「私を心配してくださるのですね？　陽菜様には、そんな優しい一面も──」

王子退場。　侍従に引きずられるようにして、執務室に連行されていった。

最初の頃は、侍従たちもどうやって王子を連れ出そうかと右往左往していたが、毎日二、三回繰り返されれば慣れたもので、陽菜を振り返ろうとする王子をくるくる回しながら連れていった。

王子が出ていったばかりの扉を見つめ、陽菜は大きなため息を吐く。

「今日は特に忙しいはずなのに、なにしているのかしら」

そう、周辺国の十七日間に及ぶ来訪は、もう明日からに迫っていた。

私たちも、来賓を迎えるにあたり、白姫と黒姫にふさわしい衣装をと、黒と白の輝くドレスを新たに作ってもらっている。　明日からは、それを着て来賓と会うことになって

いた。

　私たちはホストである中央国とは少し立場が違う。でも、この国に身を置かせてもらっている者として、中央国のためにできることがあればと準備に協力してきた。一応、中央国の者の一人として振る舞うつもりでいる。

　最低限の挨拶やマナーも教わったし、準備は万端。

　──いよいよ明日、周辺国の大使たちがやってくる。

6

　周辺国──中央国の東西南北に位置する四国──の大使たちが入城してくる日は、朝からみんなが走り回っていた。

　普段は静かな私たちの居城の周りも、準備で騒がしい。

　今、私たちの部屋にはたくさんの侍女さんが集まり、準備を手伝ってくれている。

　私の衣装は、真っ黒で、裾が床につくほど長く、体のラインに沿った長袖のワンピース。レースもなにもついていないシンプルすぎるドレスである。体の線がくっきりと浮かび

上がって、水着姿のほうが恥ずかしくないのではないかとさえ思うほど。しかも、上着もなにもないから、ちょっと肌寒い。

髪型は、指定された通り一つに束ねている。せめて下ろしていれば、少しは髪の毛で体の線を隠すことができたかもしれないのに……私の髪型を決めた誰かに作為的ないやらしさを感じるのは、私の思考がおかしいからか。

うんざりしながら姿見を見ていると、陽菜が隣から声をかけてきた。

「葉菜はまだいいわよ。私は白よ、白！」

陽菜の衣装は、私とまったく同じワンピースの色違い。色は白姫にちなんで、もちろん白だ。

服の下には、矯正下着のようなものをつけているので透けはしないが、陽菜は気に入らなそうに腕を広げて見せた。

準備をしてくれた侍女さんたちは、口をそろえて「なんて美しいんでしょう」と言うが、着ている当人たちは落ち着かないことこの上ない。

この衣装を決める会議に参加していたであろうガブや王子に文句を言いたいところだが、二人は現在ものすごく忙しいらしい。王子は賓客のもてなしの最終確認に。ガブは四国の大使たちが来国している間の最高警備責任者という任に就いたらしく、城内は

もちろん、街や国境の警備状況までも把握しなければいけないのだという。

そういうわけで、王子ともガブともここ一か月、ゆっくりと話などできていない。

私は陽菜と視線を交わして、二人で諦めのため息を吐きながら、大使たちと会う謁見の間に向かった。

　　　◆　◇　◆

謁見の間は、荘厳な雰囲気の広々とした場所だった。

真ん中に大きくて重厚な机と椅子が配され、部屋の突き当たりの席に中央国の国王が座る。その傍に陽菜と私は王子と共に立った。

そして、目が眩みそうなほど大勢の人がひしめく室内をぐるりと見渡す。みんな、かなりカラフルだ。

光り輝く金髪に銀髪に青い髪、それから緑と赤の二色使い……えと、クリスマスみたいな髪色の人もいる。あれは地毛なのだろうか。すごく気になる。

服だって、真っ白で統一していたり、ド派手なマントを羽織っていたり、目を見張るほどの背高帽子をかぶっていたり、一目で作り物とわかる翼を背中につけていたり……

ギャグではなくて？　と目を疑う人もいる。

そうしてあちこち見回しているうちに、四国の代表である大使たちが歩み寄ってきた。

その瞬間、私は思った。

——各国の大使の選出基準は、見た目だ！

王子もジェシール様も美形だとは思っていたが、この大使たちの中では埋もれてしまいそうだ。みんな、見目麗しすぎて目がちかちかする。

そんな人たちが、なにかを期待する目でこちらをがっつり見つめてくることが——すごく嫌だ。

怖くて、ガブを視線だけで探すけれど、視界に入る場所にはいない。

それもそうだ。ガブは私たちの背後にいるのだから。

国王のすぐ傍に王子と私たちが立ち、さらにそのうしろに神官長や大臣などの偉い人たちが立ち、警備はそのうしろだ。私たちの横にも警備は並んでいるのだが、ガブは全体を見渡せる場所にいるらしい。

物々しい雰囲気を感じ、私は緊張で指一本も動かせない。だが、その横で陽菜はにこにこと笑っている。頼もしくて、ほっとする。

ドキドキしながら立っていると、進み出てきた大使たちの中の一人が口を開く。

美しく輝く水色の髪の男性が、同じように水色の瞳を輝かせてこちらを見てきた。

「お目にかかれて光栄です。私は西国王太子、アラディナル・ガラディス・フルタール と申します。巫女姫様方の麗しきお姿に、胸が詰まり言葉が出ません」

そう言う割に言葉がすらすら出てくるな。それに、名前が長いし、なんと返事をして いいのかわからない。立ち尽くす私の横で、陽菜がゆっくりとうなずいた。

「身に余るお言葉ですわ」

恥ずかしそうに頰に手を添える姿は、指の先まで完璧だ。

陽菜はこの日のために、侍女たちが開催してくれたマナー講座をかなり真剣に受けて いた。私たち巫女姫は立場上、どういう態度を取っても構わないのだと思うが、どうせ 各国から選りすぐりの使者が来るならば、存分にちやほやされたいと考えてそうしてい たらしい。……さすが陽菜。

西の国に続いて、東、南、北の国々が順番に挨拶をしていく。この順番は、前もって 聞かされてはいた。国の大きさ順なんだとか。

銀髪の、ちょっとどころか、すごくジェシール様と被る容姿の東の国大使。

赤と緑の髪に逞しい体躯、精悍と呼ぶべき顔をした南の国大使。

背高帽をかぶり、背中には翼を背負った北の国大使。くりくりした茶色の瞳とふわふ

わの金色の髪も相まって天使っぽい雰囲気だ。

それぞれが、それぞれに考え抜いてきたであろうセリフで私たちを褒めそやしていく。

奇跡の人だったり、太陽だったり月だったり、大輪の花だったり、宝石だったり……に、私たちを例えてくださる。

それを聞くたびに、陽菜は恥ずかしそうに微笑んで謝辞を述べる。私は身に余るどころか、身に覚えのない賛辞に思考が固まってしまって、黙って突っ立っていた。……自分の対人スキルの低さにうんざりする。

尊敬のまなざしで陽菜を見つめると、呆れた視線を向けられた。

――すみません、お世話になります。

にへらと笑うと、小さくため息を吐かれる。

今日ここでの公式な顔合わせを済ませたあとは、それぞれの大使が個別に私たちの住む建物を訪れ、茶会をするそうだ。

私たちは、中央国にお世話になっている身だから、中央国に迷惑になるような態度を取ってはいけないと思う。中央国にとっての賓客は、私たちにとっても賓客だ。いわば仕事だと認識している。自分の会社に訪ねてきた顧客に対しては、失礼のないようにもてなさないといけない。これ、社会人の常識。私だって召喚される前は会社勤めをし

ていたのだから、それくらい心得ている。……さっきは、せっかくお褒めいただいたの
に呆然と立ち尽くしてしまったけれど。これから挽回しなければ。

とはいえ、これから二週間以上も賛辞攻めにされるのかと思うと、頭が痛くなってく
る。……仮病を使ってはダメだろうか。

気が重くて、ため息を吐きながら陽菜に愚痴ると、不思議そうな顔をして返事をされた。

「そう？　手放しで絶賛されて、気持ちがいいわ」

陽菜は大物だった。美形に賛辞を雨あられと降り注がれて非常に気分がいいと言う。

もっとちやほやされるならされたいと、茶会は楽しみであるらしい。

私が嫌そうな顔を向けると、陽菜は無邪気に笑った。

「葉菜は黙ってお茶でも飲んでいなさい。私一人で応対して、好感度独占だわ」

私が話そうが黙っていようが、みんな、陽菜の虜だろう。面白そうにしている陽菜に

安心して、私はほうっと息を吐いた。

　　◆　　❖　　◆

翌日、最初に私たちの部屋を訪問してきたのは西国の大使だ。

水色の髪と瞳を持つ、あの王太子。名前は……長かった。アラなんとかだったのは覚

えている。

「麗しき姫君方に、我が国最高の宝飾品をお届けに上がりました！」

そう言って、持ち込まれる布や宝石。

これ、誰が着るの。誰がつけるの。

運び込まれる絢爛豪華な品を眺めていると、陽菜が困った顔で言った。

「まああ。私たちには、贅沢すぎる品々ですわ」

「そのようなことはありません！ 姫君はお美しい。どうぞ、この石をあなた様の美し

さを引き立てるものの一端に加えていただけますよう、お願いいたします」

水色殿下は陽菜にだけ話しかけていた。まあ、私は楽でいいのだけれど。

「うふふ。では、侍女たちにお預けになっていただけますか？ 私には、説明をいただ

いても難しくて理解できませんの」

今、一つ一つの自慢を聞く気はないとばかりに、陽菜は侍女さんを呼び寄せて、早々

に衣装部屋へと持ち込ませる。

「私についてくださっている侍女さんはすごいのです」

宝石を持ち去ろうとする侍女さんに声をかけようとする水色殿下に、陽菜は内緒話で

もするように声をかける。

「今、私が着ているこのドレスも宝石も、侍女さんが選んでくれました。こうして、私をいつも綺麗でいさせてくれるのですわ。ねえ、このドレス、似合っているでしょう？きっと、殿下にいただいたものも、あの子たちにかかれば、もっと輝きますわ！」

そんな話をされれば、水色殿下も侍女さんを引き留めている場合ではなくなり、

「あ……ええ、お似合いです。ええ、とても」

と、動揺して瞳を揺らしながらも答えた。

陽菜は両手で頰を挟み、「ありがとうございます」とはにかんで笑う。

それ以上、水色殿下は贈り物についてなにかを話すこともなく、陽菜が無邪気な笑顔で「もうご用事は終わりですか？」と聞いたところ、うなずいて大人しく帰っていった。

もらうものだけもらって、面倒くさい説明は一切聞かない。陽菜はやっぱりすごい。

　　◆　◇　◆

　　◆　◇　◆

次は、東の国だ。

大臣だと名乗るジェシール様似の銀髪美形は、その翌日にやってきた。

「我が国自慢の料理の数々、ご堪能いただければ幸いでございます」

部屋から連れ出され、中庭に呼ばれたと思ったら、そこに大きくて長いテーブルセットが用意されていた。そこに見たことのない食材を使った料理が、所狭しと並べられている。

外に連れ出されるとあって、今は護衛の数が増えている。大使たちが来てから、直接私たちの護衛にはついていなかったガブまで控えていた。

「まあぁ！　なんて素晴らしいの！」

陽菜が両手を顔の前で組んで大げさと思えるほど喜びを表現した。そんな陽菜を見ながら、陽菜は表現のレパートリーが多いなぁと思う。

私は、テーブルの中央辺りにあるワニの首のようなものが気になって、喜ぶどころではないのだけれど。

「私たちだけでは食べきれませんわ。これほどのお料理を準備していただいたというのに、残してしまったら申し訳ないわ」

「いえ！　召し上がれるだけ召し上がっていただければいいのです」

笑顔から一転、悲しげに目を伏せる陽菜に、銀色大臣は慌てる。

「でも、すべて命があったのでしょう？　残すだなんてできないし……」

迷うように瞳を揺らす陽菜に、どうにか食べてもらわないとと、大臣も一緒にゆらゆらしていた。

外見はジェシール様に似ているけれど、内面は似ていないようだ。ジェシール様はこういう時、動じず自分の要求を突き付けるタイプだ。それも、作り物の笑みを貼り付けて。

その大臣の動揺を見て見ぬふりで、陽菜は声を上げる。

「そうだわ!」

ぱちん! と陽菜の両手が可愛らしい音を立てる。

「ここにいるみんなに食べていただけばいいのだわ!」

そう言いながら、陽菜はテーブルの端に準備されていたたくさんのお皿を手に取って、侍女さんや護衛の方に配り始めた。周囲の人間は、その行動を止めることもできずに、呆然と眺めたのだった。

私が不思議に思って陽菜の行動を眺めていると、小さな声で陽菜は言う。

「まずは他の人に毒見してもらわなきゃね」

——なんてぬかりない。

にこやかな表情を変えずに私にささやく姿は、白い衣装と相まって天使のようだ。そ

れなのに、言っている内容は、策士のような陽菜だった。

「私も参加させていただいてもいいかな?」

そこに、南の国大使が現れた。

『あなたを守る盾と矛になりたい』と初日の挨拶の時に言っていた言葉を思い出す。その言葉通りに逞しい体と流れるような身のこなし。精悍な顔つきの中に、たれ気味の目が甘さを醸し出している。

……というのに、緑と赤の髪に深い緑の騎士服、それに白い襟巻きをしているため、クリスマスツリーにしか見えない。クリスマス騎士……その格好でイケメンが台無しだ。いっそのこと、頭に星のオーナメントを載っけてくれないだろうか。この間、中央国の国王がかぶっていた王冠がそれっぽいな。あれをかぶせたら、出来上がりな感じだ。

それを想像して、少し笑った。

その瞬間——周囲がざわついた。

不思議に思って周りを見渡すと、驚きを露わに私を見ている人が数人いた。

なに? 私、なにかした?

あ、誰かが現れた途端笑うだなんて、感じが悪かったということかもしれない。

そう思って、もう笑わないように少し顔を俯けてその空気をやり過ごした。

幸いにも、南の国大使は私の態度を気にしていない様子で声をかけてくる。

「是非見ていただきたいものがあるのです」

彼が背後の侍従に合図を送ると、大きな籠が運ばれてきた。

「それは?」

ガブがそう言いながらスッと私たちの前に立ち、視界を塞いだ。

両腕を軽く広げ、結界を張る体勢に入っている。毎日ガブの訓練を受けている成果か、ガブの魔力の動きはなんとなく、空気の流れのように感じられるようになっていた。

「ウィンの……子供です」

そう言いながらにっこり笑うクリスマス騎士が、ガブの腕の間から見えた。

「大丈夫です。まだ、子供なので……ほら、こんなに愛らしい」

そう言ってクリスマス騎士が両手で抱え上げたのは、白くて丸い毛玉だった。

その毛玉は、前足をクリスマス騎士の腕にかけ、青くてまん丸の瞳でキョロキョロと周りを見渡していた。よく見れば、なんと背中に小さな翼が生えている。その翼がパタパタと動き、少しだけ体が浮いていた。

「このウィンは、まだ生まれたばかりなのです。力も弱く、飛ぶことも、軽く浮く程度しかできない」

彼はガブの背後まで腕を伸ばし、ウィンを陽菜に差し出した。

「抱いてみませんか？」

しかし陽菜は、ニコニコするだけで受け取らない。

そういえば、陽菜は小動物が苦手だった。

『子犬？　子猫？　なにもせずに可愛がってもらう存在は私だけでいいのよ。私はこの外見を維持するために努力をしているわ。それなのに子犬や子猫は、小さいってだけで私を差し置いてちやほやされるなんて許せない』

と、納得できるようなできないような……いや、できないな、ってことを胸を張って言っていた。

子犬や子猫たちの丸い小さな姿を見るとイラつくのだとも言っていた。

私には、さっぱり理解ができないのだが。

クリスマス騎士は、陽菜が喜んで手を出すことを疑わず、満面の笑みを浮かべながらウィンを差し出し続ける。

陽菜は笑ったまま固まっていた。この子を抱くのは嫌なのだろう。ガブはというと、危険がないとわかっている状態では他国の大使の動きを制限することはできないのだろう。陽菜の出方を見ているようで、じっとしている。

「陽菜」

　私が声を発すると、全員の視線が私に集まったような気がする。　注目されるのは嫌だが、そうしないとこの場は収まらないと思った。

「私が代わるわ」

　陽菜の返事を待たずに、私はクリスマス騎士に近付き、毛玉を抱き上げた。クリスマス騎士は、陽菜に受け取ってもらいたかったのだろう。顔を強張（こわば）らせていた。

　クリスマス騎士の気持ちはわかるが、贈り物の選択ミスだ。諦（あきら）めてもらうしかない。

　毛玉を抱き上げると、思った以上に重かった。子犬と同じような見た目だから、同様に軽いものだと思っていたけれど？

　そして――持った瞬間に気付いた。　予想外にものすごく、魔力を保有している。

　ガブに視線を向けると、無言でうなずかれた。

　この子、大きくなったらどうなるのだろう。　そう思って、腕の中の毛玉を見下ろすと、さっきまでパタパタしていた翼を大人しく背中に折りたたみ、じっと私を見上げてきていた。

　ものすごく可愛い。

　緩みそうになる口元をきゅっと引きしめ、顔を上げて尋ねる。

「この子が、贈り物だと？」

「ええ。我が国にしか生息しない、貴重な生き物です」

私の言葉に、クリスマス騎士は頭を下げて答える。

貴重なと言われても、犬……犬じゃないけど、それに似た生き物を贈り物でもらってもいいものなのだろうか。可愛いし、この子と一緒に暮らせたらいいな、と少しは……

いや、かなり思うけれど、ただ可愛いだけの生き物じゃない。魔力がものすごく強いのだ。

対処の仕方がわからずガブを仰ぎ見ると、受け取ってくれそうな雰囲気だった。たから私は、ガブにその子を渡す。確か、贈り物関係はガブがすべて取り仕切っていたはずだ。どうにかしてくれるだろう。

ガブにチラリと視線を向けると、私がこの子を気に入ってしまったことに気が付いたのか、眉間に皺を寄せながらも、うなずいた。

陽菜は、ウィンを見てから、私を見てくる。

『私は嫌よ』と視線で訴えている。さすが陽菜、私の考えなんてお見通しのようだ。

それから陽菜は少し頬を膨らませたあと、クリスマス騎士に向き直って、お礼を言う。

あ、私もお礼を言わなくちゃと思ったのだけれど、クリスマス騎士は立ち去ってしまい言えなかった。

——こうして私は失敗続きのまま、各国大使との接見の日々を過ごしていったのだった。

◆　◆
❖
◆

翌日、今日は大使たちとの面会はないということで、部屋に戻ってようやく一息吐ける時間ができた。

なんだか、すごく疲れてしまった。名前は長いし、格好は奇抜だし。普通に人と会うより何倍も疲れる。

今日のガブは、いただいた贈り物の管理や点検をするらしく、一度は私たちの部屋に来たけれど、ウィンを肩に乗せたまま部屋を出ていってしまった。肩乗り毛玉がとても可愛かった。

王子も、それぞれの大使の対応に追われているらしく、私は陽菜と二人だけでお茶をしている。ひと月ほど前から準備で忙しく、大使たちが来訪してからはさらに時間がないようで、ガブともあまり顔を合わせていなくてちょっと寂しい。

「葉菜、あなたスウォリディス様が好みなの？」

ガブのことを考えていたら、北国の大使がくれたお菓子類をつまみながら陽菜が聞いてきた。

「すう……で？」

陽菜の言葉が聞き取れずに、聞き返すと、やっぱりと言うように腕を広げて呆れられた。

「南の国の方のことよ」

南……と言えば、記憶を辿り、カラフルな頭を思い出した。

「クリスマス騎士のことか」

そう言うと、陽菜は顔をぐにゃっと歪めて笑う。

「クッ……クリスマス！　私も思ったけど！」

声を上げて大笑いする。

「──それで？　どうして葉菜は、彼が現れた時だけ笑ったの？」

陽菜の言葉に、私は目を瞬かせた。

彼が現れた時？　……そう言えば──

「あの時の彼の頭に王冠をかぶせたら、クリスマスツリーそのものになるな！　って思って」

満面の笑みで答えたら、ため息を吐かれた。

「そういうことね。葉菜の好みではないと思っていたけど」

すごく低い声で、「なんてくだらない」とまで言われた。陽菜だってさっき笑ってたじゃないか！

釈然とせずブスッとしていると、陽菜が困ったように首を傾げる。

「葉菜……今頃、噂になっていると思うわ。『黒姫は、南国の騎士にご執心だ』と」

「ごしゅうしん……。え？　ええ？」

「なんでっ？」

びっくりしすぎて手に力が入り、持っていたビスケットサンドのようなものを砕いてしまった。粉々になったそれが、床にちらばる。

するとすかさず、侍女さんが音もたてずに片付けていってくれた。プロだ。

「葉菜ってば、それまでず～っと無表情だったくせに、彼が現れた途端、突然笑うんだもの。びっくりしちゃったわ」

無表情……？　あれは、緊張していただけなのですが。

「無表情だったのは、なにかしゃべろうと、頭をフル回転させていたからなんだよ……？」

情けなくなって弱々しく返したら、陽菜からは苦笑が返ってきた。

「私はわかっているわよ。──でも、他国の人間は、南国の人が出てきた途端に、黒姫

は嬉しそうにした、と思ったかもね」

そんなあ。

「クリスマス騎士は、どっちかというと、陽菜の好みだと私は思ったよう」
がっくりうなだれながらこぼした。

「ああ……そうかな？」

思い出すように陽菜は宙を見つめるけれど、ピンとこないみたいだった。

「体格がよくて強そうなたれ目、陽菜って好きじゃなかった？」

そう言っても、陽菜は首を傾げてそうだっけ？　とつぶやく。

そんな話をしていたら、部屋のドアがノックされ、ガブが入ってきた。さっきまでいた肩乗りウィンがいない。残念だ。

ガブは、北国の天使っぽい大使が、これから会いたいと申し出てきたと伝えにきたらしい。

「私たち、疲れてしまったから今日は休みたいわ」

陽菜が頬を膨らませて言っても、ガブは黒い笑みを湛えて「残念です」と言う。ガブの表情は、笑顔なのにかなり事務的な感じ。このやり取りを見て、二人の仲がいいと思っていたなんて、過去の自分にびっくりだ。笑顔で陽菜に圧力をかけるガブと、ガブに見

せつけるように、いつも以上に私にくっついてくる陽菜。

……でも、この冷え切った空気を感じ取れなかった自分には、ちょっと戻りたいような気もする。

「ガブ、北の国の大使は、すぐにいらっしゃるの?」

そう聞くと、笑顔を消して私を見てくるガブは、どう見ても私に対して怒っているように見える。

「ええ。今すぐにでもと、おっしゃっています。どっかの誰かが誤解を受けるような行動を取ったため、北の国大使殿が私のところに慌てていらっしゃってですね」

うん、やっぱり怒ってらっしゃる。

「南の国の方との接見はもともと今日の予定だったのに、乱入という形とはいえ昨日お会いしたのだから、我が国もお会いするのを早めてほしいと仰っているのですよ」

話しながら、音も立てずにガブが近付いてくる。

「黒姫様は、スゥリディス様だけに笑顔を向けられたとか。愛らしいウィンと、その送り主に夢中だとか?」

あれ、さっきまで腕にくっついていた陽菜はどこに行った!?

周りを見渡せば、陽菜は「ちょっと図書館に行ってくる」とさっさと逃げていた。し

かも、侍女さんたちも退室していってしまう。

——え、北の国大使が来るんじゃないの!?　ここで待っていなくて平気なのだろうか。

あっという間に、部屋には二人きりで、目の前には眉間に皺を寄せたガブがいて、私の視界はガブしか映らない状態になっていた。

「そ……そそ、それは誤解でして」

「そうだろうけどな。　私以外に笑いかけるな」

口調が変わった!　両肩に手を置かれて押さえつけられて、見下ろされる。　ただでさえ背が高いのに、今日のガブはますます大きく感じる。

「はっ……反省します!」

そう言う私の顔をじっと見つめてから——ガブはぎゅっと抱きしめてきた。

「二度はない」

低い声でささやかれて、もしも二度目をやってしまったらどうなるんですか!?　なんてことが頭の片隅を掠めていったけれど、深く考えないことにしよう。　大変なことになる気がする。

「善処します」

日本人らしい答えを返した。

ガブからの返事がなかったのは、諦めてくれたからなのか、呆れられたからなのか。

まあ、どちらでもいいかと思った。ここ最近、忙しかったし、ガブと二人になること

はなかった。そうなると、必然的に触れ合いというものも減っていて。

突然の二人きりの時間。随分、久しぶりだと感じる。今さっきまで怒られていたとい

うのに、抱擁がどうしようもないほど嬉しかった。

腕も全部抱き込まれていたから、手をガブの背中に回すことはできないので、胸元を

握りしめた。

ガブのぬくもりも香りも気持ちがいい。ガブが傍にいるのって好きだなあと感じた。

ずっとこのまま甘えていたい。

ガブの腕の中には、なにが起こっても大丈夫だと……決して私は一人にならないとい

う絶対的な安心感があった。

そんなことを考えながら逞しい胸元に頬ずりして……しまったと思った。

各国の大使が来ている間は、私たちはそれなりにお化粧をしている。白粉が胸元につ

いてしまったかもしれない。

「ごめん、服を汚しちゃった?」

離れて確認しようとしたのに、腕は緩まないままだったので、私はその体勢のままガ

ブを見上げた。

「葉菜、私は怒っているんだぞ？」

ガブの眉間に皺が寄っているけれど、さっき部屋に入ってきた時のような威圧感がない。わざと作ったような怒り顔だったから、私は腕を伸ばしてガブの首に回した。

「うん。ごめんね」

ガブの頭をそうっと引き寄せて、頬にキスをした。

驚いた顔をするガブに、ようやく怒った顔がなくなったと、私は笑う。──次の瞬間には笑っている場合ではなくなったのだけれど。

「んっ……？　うんんむっ」

唇が重なったと思ったら、いきなり舌が入ってきて、我が物顔で私の口内を暴れ回る。

驚いて奥に引っ込めた私の舌に自分の舌を絡めて無理矢理引きずり出して、唾液を呑み込む暇さえないほどに、口内を隅から隅まで舐め回された。

私のものかガブのものかわからない唾液が、つーっと首筋を辿って胸元へ流れていく。

それを追いかけて、ガブの唇も私の胸元に下りてきた。

「ん、ぁっ。ガブ、衣装汚しちゃ……」

真っ黒な服が唾液で汚れてしまったら恥ずかしいので止めようと思ったけれど──

「大丈夫だ。ちゃんと洗い替えは準備してある」

四国の大使たちがいらっしゃる間は、私と陽菜は毎日同じ格好をしている。だからこの服が汚れてしまっても大丈夫なのだが。

躊躇う私に構わず、ガブは胸を揉む。

「ふあっ。ガブ、そうじゃなくて……！」

「これ、邪魔だな」

そうつぶやいたガブが、なんとワンピースの裾から手を入れてきた。

「ダ、ダメ！」

こんな昼間からえっちなことをするなんて、恥ずかしくて仕方がなくて、潜り込んできたガブの手を拒んだ。

「……葉菜をめいっぱい可愛がるから」

目を細めてガブが言った。

その直後、ふたたびガブの唇と私の唇が合わさった。最初は啄むように唇を軽く合わせるだけだったのが、角度を変えて、ガブの舌が入り込んで次第に深く激しくなっていく。

ちゅちゅっと可愛い音をさせていたキスは、じゅっと吸い上げるような濃厚なものになり、それと同時に私の舌を絡め取ってしまう。その快感に呑み込まれそうになりな

らも、私は理性を振り絞る。

「ガブ、ダメだよ……んっ」

「じゃあ、ここか?」

からかい半分の声で、やわやわと胸を揉まれる。次いでガブの指が、胸の中心でくるくると動いた。

そんなことをされると、服の上からもわかるくらい先が尖ってしまう。

「ふあぁっ。ガブ、ダメって言ってるのにっ」

荒い息の中から、無理矢理声を出したところ、私を面白そうに見下ろしてガブは首を横に振る。

「ダメなはずない」

そう言いながら、私の服をたくし上げて素早く胸あてを取りさってしまう。私は慌ててガブの手を外そうとする。

「嘘っ。ダメ……あっ!」

叫び終わる前に胸の頂を口に含まれて、私の口からは喘ぎ声が漏れてしまった。

ガブの舌が、すでに硬く尖っていた私の乳首を、飴玉を舐めるようにころころと転がす。ピンと勃ち、自身を主張している先端は敏感すぎて痛いくらいだ。

口に含まれてないほうはガブの太い指で押しつぶされて、ぐにぐにと形を変えている。

私はもう、立っているのがやっとだった。

「ガブ、他の人、来ちゃう……っ。だめぇ」

誰が訪ねてくるかもわからない場所で、しかもこれから北の国大使に会わなきゃいけなくて、こんなことをしていてはいけないのに。

ガブを止める私の声は、自分が聞いても甘く震えていて、もっとしてと言っているようだった。

「葉菜は私のことだけを考えるんだ」

他の人のことを気にしたのが、ガブの怒りに触れたらしい。

ガブは体をかがめて私を覗き込み、「これ以上、余計なことを考えられないようにしてやろう」とつぶやいて、たくし上げた服の裾を私に持たせた。

「下ろして体を隠すんじゃないぞ。下ろしたら、二度と服を着られないと思え」

怒った顔をするガブに逆らえずに、私は言われた通りに服をまとめて持った。でも、一応言わせていただきたい。二度と服を着られないってどんな状態ですか！

ガブの手は私の胸をいじりながらも、お腹のほうへ唇を下ろしていく。床に膝をついたガブに臍の下辺りまで舐められると、ずくんと体の奥が疼いた。

「えっ……?」

そのまま待ち望む下のほうに触れてくれると思ったのに、そこまでは下りていってくれない。

ガブは私の片足を肩に担ぎ、太ももの内側にキスを始める。時々チクリと痛みがあるのは、きっとガブの印をつけられているからだろう。

その光景を見ていると、この間ガブに抱かれた時の記憶が蘇ってくる。あの時、どんなことをされたかを鮮明に思い出した時——漏らしてしまったような感覚があり、私は動きを止めた。

「どうした?」

太ももの間に顔をうずめたままガブがしゃべる。くすぐったいので、そんなところでしゃべらないでほしい。しかも、しゃべる合間に、ちゅうっと、音を立てて跡をつけられた。

「ん、ああっ……は、んう」

軽い痛みを感じるけれど、その痛みと共に快感があり、その拍子にさらに漏らしてしまったような感触が湧き起こる。

……お漏らしなんて、子供の頃以来したことはないのに。どうしたというのだろう。

ちょっとどいてもらって、トイレに行きたいと思った。

その……人には言えない場所がどうなっているのか見たい。

ガブを押し退けようとしたところ、中腰になった彼に胸に噛みつかれた。

「んんっ？」

「葉菜、余計なことは考えずに感じていろ」

ガブの左手に、足をぐいと開かされて、思わず叫んだ。

「ちょっと待って！　お願い。トイレに行きたい！」

乙女の恥じらいとか、そんなことを考えている暇はなかった。とにかくその場所を、ガブに見られる前に自分で確認したい。

「尿か？　ここですればいい。葉菜のものならすべて愛してみせよう」

思わず手が出た。もちろん、ゲンコツだ。

「変態！」

「冗談だ」

私からの攻撃を避けもせず受け止めながら、ガブは私の右足を抱え上げてしまった。

「葉菜は……これが、気になるんだろう？」

そして、色気を帯びた声で、私が気になって仕方がない場所を示す。

「や、ダメ！」

そう言って私が叫ぶと、ガブはくっくっと笑い声を上げた。

「ダメじゃない……ほら、濡れているじゃないか。これは尿じゃなくて、葉菜が感じた証の蜜だ。……待っていたんだろう？ こうされるのを」

ショーツの中に入ってきたガブの指が、くちくちと小さな水音を立てて動く。

「ちがっ……！」

顔を熱くして否定はしたけれど、私の体は正直すぎるくらいにガブの指に反応した。体が、覚えてしまった快感。ガブに触られることを待ち望んでいた。

「でも、でも……んっ、んんんぅ」

くちゅくちゅくちゅ。ガブの指が浅いところを出入りする。

恥ずかしいと訴えながらも、私はガブに縋り付いていた。

――本当は、もっと奥までほしい。そう言ってしまいそうだった。

「ほら……私にしか見せない姿を見せて」

切ない声でそんなことを言いながら、蜜に濡れたショーツを下ろされてしまう。

秘所がすうっと冷たい空気に触れて、ふるっと体が震えた。

自分でワンピースをたくし上げて、すべてをガブに見られている。

「あそこをぐしょぐしょにして、こんな明るい部屋で裸体を晒しているなんて。葉菜は

なんていやらしいんだろうな？」

そんな意地悪な言葉と視線に、私の体は反応してしまった。内股をつーっと蜜が垂れていく感触がした。

「意地悪、言わないでっ」

恐らく真っ赤になっている顔でガブを睨むと、ガブは目を細めて私をうっとりと眺める。

「もっとよく見たい」

驚くことを言いながら、ガブは私のそこに顔を近付けた。

「なっ……？　ちょ、馬鹿っ」

「葉菜、言うことが聞けないのか？」

そう言ったガブの目は、怒るような口調とは裏腹に面白そうに細められていた。からかわれたと気付き、私は頬を膨らませる。

「わ、私なにも悪いことしてないもの！　それなのに、怒られたり、私ばっかり見られるのはおかしい！」

「……へえ？」

ガブは、心底驚いたという声を上げた。私は自分の発言を振り返る。

「葉菜も私のを見たいのか?……だから、私だけじゃなくて……?」

「ちっ……ちちち違うっ!」

無自覚とはいえ痴女発言だったことに、今さら気が付いた。

否定したというのに、ガブはあっという間にズボンの前をくつろげて、屹立したガブ自身を取り出した。

初めての時は緊張しすぎて直視できなかったそこに、視線が吸い寄せられる。ごくりと、喉が鳴ってしまって、誤魔化すために唇を舐めた。

「ものほしそうな顔をして」

低く掠れたガブの声に、元々赤かったであろう頬が、さらに熱を持った。

「馬鹿ッ」

恥ずかしさに涙目で叫ぶ私の手を握って、ガブは突然真面目な顔で聞いてきた。

「嫌か?」

なにを聞かれたか最初わからなくて、きょとんとガブを見返した。この状況で嫌かどうかを聞かれるというのは、多分、ガブを見るのが……ということだろうか?

「嫌とかは全然……思わない、けどっ……!?」

返事をしている最中に、いきなりガブ自身を握らされて、声がひっくり返った。熱い

ものが手の中で脈打っているのを感じる。

嫌じゃない。別に全然嫌じゃないけどっ！

手の中のものをどうすればいいのかわからなくてガブを見つめたら、嫌がられなくて

嬉しいと頬を染めて笑っていた。

さっきまでの俺様な態度とのギャップに、胸が苦しいくらいにドキドキした。

「葉菜……気持ちがいい」

ため息のような言葉に、きゅんと心臓が跳ねた。ガブの表情に、胸の奥が疼く。

——もっとその表情が見たい。

私は手に力を入れて、そっと上下に動かした。

「んっ……」

動かされると思っていなかったのか、ガブは眉間に皺を寄せて目を瞑り、思わずといっ

たように声をこぼした。

「ごめん、痛いっ……？」

私が慌てて謝ると、ガブがうっすらと目を開けて、微笑んだ。

「痛くはない。……驚いたけど、気持ちいいよ」

ガブのその表情に、またごくりと喉が鳴る。男性も女性を触った時、こんな風に悦び

を感じるのかと理解してしまった。もっと見たい。もっと触りたい。

ガブの表情を見ながら、もう一度、ゆっくりと手に力を入れた。今度は声を出さなかっ

たけれど、切なげに顔を歪める。私の手の中で、ぴくぴくと動く彼自身がもっと膨らん

できたのが嬉しくて、わからないなりに上下に手を動かしてみた。

「葉菜……もう、それくらいで……」

呻くようにささやくのを聞いたら堪らない気持ちになって、さらに手の動きを速めよ

うとしたのだけど——

「こら、悪い子だ」

ガブが仕返しだとばかりに、私の秘所へと手を伸ばした。襞を分け入る指の動きに、

体が震える。

いよいよ自力では立っていられなくなって、ガブに縋り付く。そうしたら自然と手に

力が入ってしまい、私の手の中のガブがびくんと脈打ったのがわかった。

「ガブ……っ、お願いっ……!」

——彼を握りしめながら涙目で懇願することの意味を、私はわかっていなかった。

呻くような声を上げて、ガブは私にささやく。

「だったら、ここに座ろうか」

そう言って示されたのは、さっきまでお茶をしていたソファセットのテーブル。退室する前に侍女さんたちが片付けてくれたので、今はなにも載っていない。

なぜソファに座らないのかと疑問に思っていたら「そのほうが汚れない」と言われた。

私がよたよたとテーブルに近付くと、ガブにテーブルの上に乗せられた。

「スカートを下に敷かないように。汚れるからな。……そう。服は持ったままだろう?」

ワンピースから手を離していた私を叱る。

テーブルに座らされた私は、ガブにねだるような視線を向けてしまう。その視線に、ガブは舌なめずりをした。

「ほら、触ってほしいんだろう? しっかりと足を開いて」

「だって、ガブ……見るからっ」

そんなことできないと、私は首を横に振る。

ガブは、多分私を眺めるのが好きだ。触っている時間と同じくらい、私を眺めている気がする。

「当然だろう? 見るために言っているんだ」

私の言葉に、ガブは笑う。ガブの瞳は、じっと私を見つめたまま動かない。ちらっと

動かした視線の先では、ズボンから出たままのガブの切っ先がピンとそり返っていた。ガブの興奮を目の当たりにしたら——本能に抗えなかった。とにかく早く、触ってほしかった。

だから、きゅっと唇を噛みしめて、ゆっくりと足を開いた。

触られてもいないのに、秘所は蜜をこぼし続けて、ガブの視線だけで、私の体は快感に震えていた。

「下の口が、真っ赤に腫れてぱくぱくと動いて……早くほしいと言っているみたいだ」

ガブはそう言って顔を近付けるのに、触ってはくれない。私が身をよじる姿を眺めるだけだ。

「もっ……！　我慢できないのぅ」

思わず、自分の指をそこに伸ばしてしまった。これ以上焦らされたら、おかしくなってしまう。

服を片手で押さえたまま、自分の秘所に指を這わせる。ぬるりとした感触があって、私はもっと中へと指を進めようとした。

「葉菜。中に入れるのはダメだ」

気持ちのいいところを見つけようと動き出した私の指は、ガブに捕らえられてし

まった。

「だって……！」

ガブが触ってくれないからだ。ほしくて、ほしくて、じんじんと疼く場所をどうにかしてもらわないと、変になってしまいそうだ。

「たとえ葉菜でもダメだ。ここに入っていいのは、私だけだろう？」

そう言ったかと思うと、ぐりゅっと太い指を一気に入れられた。

「はっ……！　あああぁんっ」

求めていた刺激に、私は高みへと押し上げられる。けれど、これだけじゃ足りない。もっと深い場所にほしいのに、ガブは優しくキスを落とすだけで指を動かしてはくれない。そして、ゆっくりと……焦らすように軽いキスを繰り返しながら、唇を下へ下へと移動させてく。

キスの場所が下にいくたびに、私の息は荒くなって、期待感にあそこはぐしょぐしょに潤む。襞がガブの指を逃がさないというように絡みついてうねる。

「こんなに濡らして……その表情も、私以外の人に見せるなよ」

花芽をチロッと尖らせた舌で舐められて、私の体はびくんと震えた。もっともっとと、大きく足を開いてしまう。

「はっ……ああんっ。……ガブ、そこ、んんっ……」

私は自分でまくり上げている服を抱きしめて、ガブに与えられる快感に翻弄された。

「ここ？……気持ちいい？」

ぴちゃぴちゃと舐める音がしたかと思えば、じゅじゅっと時々啜られて、その刺激に

私はもっと体を震わせる。

——もう焦らさないで。

もっと強い刺激がほしくて、私は涙目で体をよじった。

すると、ふっと笑う気配のあと、望んだ刺激を得られた。分厚くて長い舌で、花芽を

ぐるりと舐められて、大きな太い指が体の奥のほうを抉る。曲げられた指が、私の内部

を掻くように、くいくいと動いた。

「ふあっ……!?」

その刺激に、私は背をそらした。だけど、ガブはそのまま内部の刺激をやめない。同

時に舌でも入り口を舐められて、快感が背筋をぞわぞわぞわと上っていく。

そして、ガブの親指が、ぐりっと花芽を押しつぶした瞬間——

「ひっ……あああああぁぁんっ」

私は服の裾を抱きしめながら達した。

全速力で走ったあとみたいに、心臓がどくどくうるさい。手にも足にも力が入らなく
て、体がかくかくと震えた。

「イッたのか？」

ふっとガブが笑いながら言った。

「いやらしい顔をしている。そんなに気持ちがよかったのか？」

達したばかりの私の息が整うより先に、ガブはすでに準備ができている自身を私に押
し当ててきた。襞を辿るように熱い切っ先で秘所をこすり上げる。

「あっ、あっ……！」

快感を覚えてしまった体は、次に来るものを期待してさらに蜜を垂らしてしまう。そ
れを恥ずかしいと感じるよりも、ガブに抱きしめられたくて、私は腕を広げてガブの首
に抱き付いた。

すると、ぐちゅ……と、濡れた音が響いた。体が密着したことにより、柔らかな媚肉
がガブを呑み込んでいくのがわかった。

襞をかき分けるようにガブの切っ先は上下に動いて、私の敏感な突起を刺激していく。
今だって充分気持ちがいいのに、体の奥は、もっともっとと先を望む。

ガブは、私の表情から私が望んでいるものがなにかわかっているようだ。ちょっと悔

「──なんだ」

　懇願の言葉を口に出そうとした時、扉をノックする音が響いた。

　私がびくっとして固まっていたら、ガブは冷静な声で返事をしてしまう。

「ワゴンの片付けに参りました」

　侍女さんの声が外から聞こえた。ワゴンは、私たちが今いるリビングのドアの外にぽつんと置いてあった。今私がいる場所からはワゴンの端が少しだけ見えるだけだけれど。

　さっき退出する時に侍女さんは、おかわり用のお茶をワゴンに載せて置いていってくれたのだろう。でも、もう湯もぬるいから取りにきてくれたということで……

「ああ、どうぞ」

　てっきり、あとからにしてもらうとか、こちらで片付けるとか言ってくれると思ったのに、なんと、ガブはこの建物への入室の許可を出した。

　驚いて抗議をする前に、玄関扉の開く音がする。

「失礼します」

　いつもの侍女さんの声がして、ワゴンに向かう足音がした。

　ワゴンが置かれているのは廊下だし、私がいる場所は室内を覗き込まないと見えない

はずだ。それに私は、入り口に背を向けてテーブルに座っている。テーブルに座っている時点でマナー的にはアウトだが、私のうしろ姿だけしっかりと服を着ているように見えるはずだ。

ここの侍女さんは教育が行き届いた優秀な人ばかりなので、室内をじろじろ見回して、プライバシーを侵害するようなことはしないだろう。

現に今、侍女さんはきびきびとした足取りで、ワゴンを片付けている音がする。

彼女が出て行くまで、じっと固まっていよう。そう決めた私を嘲笑うように、ガブの切っ先が動く。

「————っ?」

思わず声が出そうになって、口を手で押さえた。

少しでも変な声を上げてしまえば、心配した侍女さんが部屋の奥まで様子を窺いにくるだろう。そうされたら終わりなのに、なんてことをするんだ!

「葉菜、まだ私が怒っていることを忘れるな」

そう言って、ガブはまた動き出す。

「ふっ……ひ、ん」

荒い息と共に、泣き声が私の口から漏れる。

気が付かれちゃうっ……！

必死で声を抑えようとするのに、ガブは私を覗き込むようにして目を細める。私がガブの笑顔に弱いことも、とっくに気が付かれているらしい。

悔しくて怒りたいけれど、でもでも、その表情すら大好きだと思ってしまう。こんなことをされているのに、「恥ずかしい」と思いはしても「嫌い」と思えないというのは、どれだけガブに溺れてしまっているんだろう。

目の前にあったガブの頭をぎゅうっと抱きしめた。

「も、許して……」

ほとんど吐息のような声でガブの耳元で言うと、ガブの熱い息が落ちてきた。

ガブの切っ先と、私の蕾が触れ合ったところで、ガブは動きを止める。

熱い。私の熱か、ガブの熱なのかわからない。ただ、触れ合ったその部分がじんじんと熱を持って、動かされてもいないのに背筋が震えた。

もしも侍女さんに気付かれたら……と思うと怖くて、きゅうっとガブにしがみ付く。

だけど、ぞくぞくするような興奮を覚えていることも確かだ。

――私、変態だったのかもしれない。

そんなことを考えていたら、ちゅうっと首筋に吸い付かれた。

「っ!」

慌てて体を離そうとガブの両肩を押した。

そのことが、ガブは気に入らなかったようで、目を眇めて私を見た。

「本当に反省しているのか?」

ぐいっとガブが奥に押し込んできて、花芽がつぶされる。

体の中に花芽が押し込まれるような状態になって、痛いはずなのに、熱くて熱くてど

うにかなってしまいそうだった。

「葉菜?」

ガブの呼びかけに、私は口を押さえて、必死で首を縦に振る。

反省してるしてる!　だからお願い、もうやめて……!

口を開けば喘ぎ声が漏れそうで、必死で口を押さえるけれど、口の端から空気が漏れ

てしまう。

——そうこうしている間に、背後の食器の音が止んだ。

やっとこの甘い責め苦が終わるかと思ったのに、なんと、侍女さんはこちらに声をか

けてきた。

「あの……差し出がましいことを申し上げるのですが」

恐る恐る振り返るけれど、侍女さんはいまだ廊下に立っているようで、姿は見えない。

とはいえ、先ほどの申し訳なさそうな声音から、やっぱりバレてしまったのだと思う。

た。ああ、もう、全部ガブのせいだ！

とりあえず、全部ガブのせいにすることにして侍女さんの次の言葉を待つ。

「黒姫様は、大変反省していらっしゃるように見受けられます」

私が、なんと言われようとも石になろうと決心していると、思ってもみなかったこと

を言われた。

緊張した声は、さらに続ける。

「ですから、そのようにお泣きになるまで責められるのは……」

「……ああ、そうか！　私、ガブになにか怒られて、泣いてると思われているんだ！

なんてことを言うんだ！　それに、『よろこぶ』の意味が違うだろう！

次の瞬間、そっと抱き寄せられて、ガブの切っ先が花芽の上を滑っていく。

「ああ……なるほど」

ガブの低い笑みを含んだ声が聞こえた。

「大丈夫だ。彼女はこのあと、とても悦ぶことになる」

「――んっ！」

小さく声が漏れてしまった。

「ほら。葉菜はもう大丈夫だと言っている。なあ？」

嗚咽をこらえながら「うん」と言った、みたいな感じで会話をつなげられた。ガブの

せいだけど、ガブのお陰で助かった……のかもしれない。

それからガブは、私の肩を抱き寄せたついでに、侍女さんがまだそこにいるという

のに腰を動かし始める。

ガブの言葉を聞いた侍女さんは納得したようで、ほっと息を吐く音が聞こえた。

「そうですか……。出過ぎた真似をいたしました」

そう言って侍女さんは、ワゴンを押して部屋を出ていった。

「失礼いたしました」

パタンとドアが閉まった数十秒間後——

「このっ……、ばかあああぁ！」

私の泣き声が響き渡った。

「でも、葉菜だって興奮していただろう？」

ちゅっと軽くキスをされて、言葉に詰まる。まったく興奮しなかった、と言えば嘘に

なるかもしれない。だけど、今許してしまったら、こんなことを繰り返されるかもしれ

ない。やっぱりうなずいてはダメだと思った。

「興奮なんてしてない！」

ぷいっと顔を背けると、ぐちゅっと音をさせて、ガブがまた腰を動かした。

「ふぁっ」

入り口に浅く入れて音を立てているだけなのに、もっともっとと、私の内部が動き始める。体の奥がぞわぞわして、ガブの胸に縋り付く。

「こんなに濡れているじゃないか」

からかうような声が悔しくて、「違うっ」とガブを睨み付けた。

「そ、それは最初からだもん」

最初からだというのも恥ずかしいが、あの半公開プレイの最中にもっと濡れたと言われるよりもいいと思った。

「さっきは、侍女さんのことが気になって、それどころじゃ……」

「それどころじゃ？」

私の言葉を遮ったガブの低い声に、ぎくりとして顔を向ける。すると、眉間に皺を寄せたガブが、私を睨んでいた。

「私より、彼女が気になったと？」

まずい。すごく怒っている。

だけど、そんな状況に追い込んだのはガブだ。

だから、怒るのはお門違いだと思うけれど、それを口にする暇もなく、強く引き寄せられて、口を塞がれた。

抱き寄せられたせいで、浅い場所にいたガブが、ずるっと奥へ滑り込んでくる。

「……んんぁっ。はあっ、んっ」

その時、熱いものが私の一番敏感な場所を激しくこすり上げて、体が小さく跳ねた。

ガブが、私の口内を丹念に舐めてから、私の下唇に噛み付く。

「葉菜、私が目の前にいるのに、私よりも他に意識を向けるというのは気に入らない」

――だったら、あんなことしないでよ！

脳内ではしっかりと言い返しているのに、ガブがさっき噛んだ私の唇を優しく舐めるから、言葉が出なくなる。

長い舌に私の舌は絡め取られて背筋が震える。

「葉菜、可愛い」

ガブの唇が私の頬から耳へと移動して、甘い言葉をささやいていく。

それと同時に、なにやらカチャカチャと音がしていると思ったら、突然両手を頭の上

で押さえられた。

「へ？ なに？」

両手首を、ガブのベルトで縛られた。

なにこれ？ と呆然とする私にまたキスを開始して、ガブは私をテーブルに押し倒した。

必然的に、私はテーブルの上に寝転がって万歳をしている格好になる。

「ええ!? なにするの！」

ここまでされて、ようやく拘束されたことに気が付いて、私は足をばたつかせた。

「まだお仕置きの最中だ」

「終わりじゃないの!?」

「やだやだっ。もうだめっ」

お仕置きという割に、とても嬉しそうなガブに私は半分泣いているような顔を向ける。

「この格好、だめっ……！」

両手を縛られた時にワンピースの裾から手を離してしまったから、上半身は覆われているけれど、下着は取り去られてしまっているので服の上にくっきりと胸の形が浮き出てしまっていた。

真っ黒な中に、ぷっくりと二つ浮き上がっている膨らみは、まるで早く触ってくださいと言っているみたいで、すごくいやらしく見えて、私は恥ずかしくて首を振った。

そんな私を無視して……いや、きっと涙目で首を振る私を見て楽しみながら、ガブは服の上から突起をきゅっとつまむ。

「これはこれで……いや、こっちのほうがいやらしいかな」

ガブの熱を含んだ声が少しだけ嬉しいと感じてしまったけれど、なんとか抵抗したくて潤む瞳でガブを睨む。

だけど、それは逆効果だったみたいだ。

「葉菜は、どうしてそんなに私を煽ろうとするんだろうな?」

両方の突起が、ガブの指に挟まれて、ぎゅっと持ち上げられる。

ぴりりっと鋭い痛みが走るのに、くらりと眩暈がするほど気持ちがいいと思ってしまった。

「ふあっ。急に、強くっ、つまんじゃ……だめぇ」

ガブの手から逃れようと体をくねらせた。だけど、つままれた状態で体をくねらせたら刺激が強くなるだけで、快感が止まらなくなる。

「ん? ダメだって言いながら、自分で気持ちよくなろうとしているのか?」

耳まで熱くなって、涙がまた出てきた。

「ばかぁ……っん！」

意地悪な視線が私を舐めるように見ているのがわかって、ぞくぞくした感覚が背筋を駆け上がっていった。

「ひいい……っんっ。あ、あああっ」

腕を拘束されているせいで、ろくな抵抗もできない。ただ与えられる快感を追い求めるだけの私を見て、ガブは愛おしそうに微笑む。

「縛ったほうが素直だな」

もっと早く縛っていればよかったか、なんてつぶやくガブに、私は大きく首を横に振る。

「そんな、わけ……ないっんぁ」

ガブはぎゅっと胸の膨らみを握りつぶす。

「いっ……痛いっ」

ガブの指の間から飛び出た私の突起を、人差し指だけでピンと弾いた。

「嘘つけ。気持ちいいの間違いだろう？」

今度はガブの尖らせた舌が下りてきて、チロチロと軽く舐められて、胸の先っぽを弄ばれる。その刺激が、私のもどかしさを加速させた。

『縛られて、抵抗できないから仕方ない』って理由があったほうが素直に感じられる？」

図星を指されて、私の頬が火照ったのがわかった。

こんなになってしまうのは、変態的なガブが私をベルトなんかで縛るからだ。

――『抵抗したくてもできない』。確かにそんな状況が、私の快感を増幅させている。

「ガブの、意地悪う」

そんなこと、気が付いていても口にしないでほしい。恥ずかしさと快感の合わさった感情が高ぶりすぎて、目尻から一粒涙が流れていった。

その涙をガブが唇で追いかけて舐め取る。

「素直に感じる葉菜が可愛いから仕方がないだろう？」

「～～～っ！」

不意打ちの発言だった。

暴君なガブの中に、時々可愛いガブが顔を出すから、それこそ凶悪だ。

そんなギャップを見せられたら、逆らえるはずがない。

「このワンピースも可愛いが、そろそろ生まれたままの葉菜の姿が見たいな」

そう言うが早いか、スカートの裾をたくし上げられ、ワンピースを私の腕の辺りにまでとめられてしまった。

「あっ……、うそっ。ひゃんっ」

テーブルの上に全裸で寝転んでいるだなんて、あり得ない！

文句が言いたいのに、胸の突起をガブの舌が弄ぶから、まともな声が出てこない。

ちゅうっと乳首を吸い上げて、軽く歯を立てる。甘噛みされて、嬌声を上げながら

私が背をそらすと、何度も同じことを繰り返される。

反対の胸の先は、大きな手のひらで包み込まれて、太い人差し指と親指でこねられ続

ける。時々爪を立てられて、私は「だめぇ」と甘い吐息を漏らすだけだ。

痛いことをされても気持ちがいいのはどうしてだろう。

甘い責め苦に、唇を噛みしめれば、すぐにガブの唇がやってきて、私の口を割って、

唇をぐるりと舐める。

「葉菜、噛みしめるのはダメだ。傷になってしまうだろう？」

そう言って、口の中にガブの指が差し込まれる。

「葉菜になにかしていいのは、私だけだ」

「んんんぅ～っ」

お前もするな！ と言いたかったのに、口の中に入ってきたガブの指が私の舌を捕ま

えて、しゃべれない。

ガブの指を、舌で押し退けようとしても、指でその舌を弄ばれてしまう。口を開けたまま指と格闘していたから、唾液が溢れて口の端からこぼれた。

しまったと思い、今度は口をすぼめて唾液を呑み込む。指を差し入れられたまま唾液だけ呑み込むのって難しい。

だけど、ちゅうちゅっと指に吸い付いて口の中の唾液をごくりと呑んだ。

それから、はあっと息を吐いて見上げると、頬を少し赤く染めたガブが、呆然と私を見下ろしていた。

なんでそんな表情をするんだろうと首を傾げると、ガブが怒ったような顔を作る。

「葉菜、無自覚も大概にしろよ」

そう言ったガブが、私の足を抱え上げて、私を高みへ押し上げようとした。

「んあっ……急に、そんなっ！」

驚く私を置き去りにして、ガブは花芯に熱い切っ先をこすり付けてくる。

中には入らずに、秘裂を上下にこするだけのガブに、私は快感に酔いながらも、もどかしさを抑えられなくなってきていた。

膣から溢れる蜜を切っ先がすくい取って花芯へと塗り付けていく。ガブが動けば動くほど滑りがよくなって、ぬちゅぬちゅと卑猥な音が大きくなる。

水音が、私の耳を犯していく。

「がぶっ、がぶ……！　も、だめぇ」

背筋が震えて、体が言うことを聞かなくなる。ガブに咥えられていないほうの胸がふるふると揺れた。

「ダメって、なにが？」

ガブはわかっているくせに、意地悪な顔でそんなことを言う。

私は揺さぶられながら、唇を噛みしめて見上げて懇願するのに、ガブは素知らぬ顔をする。

そうして、ちゅぱっと、今度は反対の先端をガブが咥える。

「んんっ……！」

新たな刺激に、私の体は震える。だけど、それと同時に物足りなさも感じた。

眉根を寄せてガブを見ても、ガブは楽しそうに笑うだけ。

ガブが動くたびに痺れるような快感が走り抜けていく。だけど、初めての夜のような悦びを感じたいと体が訴える。初めてだったのに、奥で感じる快感を知ってしまった。

またガブを体中で感じる幸せがほしいと思った。その衝動が我慢しきれなくて──

「おねっ……がいっ。奥……………イキたいっ」

と、言葉が自然とこぼれ落ちた。

ガブは、ニヤリと笑ったかと思うと、次の瞬間には私の体を浮かせ、中に入ってきた。

「……っはあ、んっ」

充分に濡れていても、圧迫感はすごくて、私は大きく息を吐き出した。

私の反応を気にしているのか、ガブは浅いところで抽挿を繰り返す。ぬちぬちと濡れた音だけが響くのを聞いていたら、薄れていた羞恥心が完全になくなってしまう。

「もっと、奥までほしいの。もっと奥できて」

私の言葉に、ガブは苦しそうに呻く。

「なんていやらしい子だ」

ガブが私の腰を抱き上げて、ゆっくりと揺らする。その気遣うような動きが嬉しいのに、同時にもっと激しくしてほしいと思う。

そんな卑猥なことを考えてしまったことで、体がびくりと震えた。

その動作に連動するようにガブはピクリと眉を動かし、はあ……っと、熱い息を漏らして、私に軽くキスを落とす。

眉根を寄せて、切なそうに私を見るガブの表情に、きゅんと胸が疼いた。

直後、ガブの体がびくりと動いて、また苦しそうにする。

228

「葉菜、お前、壊されたいのか？」

顎を掴まれて、怒った表情でガブが顔を近付けてくる。

私の中のガブが、ぴくぴくと動いて、かすかな振動を与える。

ざわざわと体の奥から熱が溢れ出てくるみたいだった。

「うん……うん、して」

腕を拘束されているのでガブの首に抱き付くことはできないけれど、背をそらして体を近付けてねだった。

「もっと。激しくしてっ！　私、ガブに壊されたい」

私の言葉に、ガブはしばし目を見開いたまま止まって……ぎらりと瞳をきらめかせた。

その表情を、私はうっとりと眺めた。

「葉菜、ただで済むと思うなよ？」

欲望に染まったガブの双眸に、ぞわりと産毛が逆立つ。

膝が胸にくっつくくらい折り曲げられて、ガブがぐりっと突き進んでくる。

「あああぁ……っ！　ん、ふぁっ……」

息ができないほどの圧迫感。中がガブでいっぱいになった。

どこもかしこも、ガブが触るだけで……それどころか吐息がかかるだけでも快感に痺

れ、私は体をよじった。

私の動きに、ガブが呻き声を上げる。

「——私を煽るとは、上達が早いじゃないか」

「え、煽ってなんか……ああっ」

ずんっ……と、突然大きく突き上げられて、私は悦びの声を上げる。ガブを包み込む媚肉が、もっともっとと言うように、きゅうきゅうと収縮を繰り返した。

「はっ、あ……んぁああ」

私の体が、意思とは関係なく小刻みに震える。

「もっ、……だめ。もう、私……っ！」

ぞわぞわとした感覚が近付いてきて、頭が真っ白に弾けるあの瞬間が近いことを知る。

私の反応に、ガブがニヤリと笑って、さらに深く激しく突き上げた。

「ほら、イケよ」

熱い息を吐くと共に、きゅっと、突起をつままれた。その瞬間に、頭の中で強い真っ白な光が弾けた。

「あ……あぁあ、あああああああっ」

「——くっ……！」

私は背をのけぞらせ、体をピンと伸ばして達した。

はあはあと、大きく荒い息を吐きながら、ガブは私の中から出ていく。　抜かれる瞬間、またぴくんと反応してしまって、ガブにふっと笑われた。

ガブが私の手首に巻き付けていたベルトを外している間も、私は余韻でぼんやりしていた。ガブは、力が抜けてくたっとなった私を抱き上げる。

それから椅子に座ったガブの膝の上に座らされた。ガブの胸にもたれかかると、よしよしと頭を撫でられる。

ガブにこうして愛おしげに触れられている時、私は一番愛されていると感じる。守られて、大切にされている、世界でたった一人のお姫様みたいな気分になる。

私もガブにその仕草を返す。

なかなか言葉にすることは、恥ずかしくてできないけれど、こんな時くらい……

――好き。

私は想いを込めて、ガブの手の甲にキスをした。

「――悪い」

浅い呼吸を繰り返す私の頭を撫でながら、ガブが困った顔をして言う。

私の体を案じての言葉だろう。まあ、ベルトでつながれていたのだ。無意識に引っ張ったりしたようで、肩の関節が少し痛いし、手首もこすれていて地味に痛い。──だけど、ほしがったのは私だ。

だから、恥ずかしさに俯きながらも、にっこり笑って答えた。

「うん。大丈夫」

……あれ？　そう答えた瞬間に、お尻の下になにか硬いものが当たっていることに気付く。

いや、そんなはずはない。今したばかりだ。さすがにそんな鬼畜の所業は──

「葉菜とくっついてたらまた勃ったんだが、そうか、大丈夫か」

「あれ、いやいやいやいや」

そうじゃなくて。あれ、いや、勝手に入れようとしないでくださいよ。

反論する間もなく、またもや下から突然突き上げられて──第二ラウンドに突入したのは言うまでもない……

◆　❖　◆

ようやく満足したガブから解放され、しばしの放心状態から回復した私は真っ青になった。

――やばい、完全に忘れていた。

「北国の大使様、待ってらっしゃるんじゃないのっ!?」

ガブが呼びにきてから、どれだけの時間が経ったのだろう。いつ陽菜が戻ってきてもおかしくないこの部屋で、あんなに乱れるなんて。

久しぶりにガブに触れられることが嬉しすぎて、いろいろぶっ飛んでいた。

「ああ、白姫様がお一人で応対してくださった」

あっさりと答えたガブに、私は目をむく。

「いつ!?」

「葉菜と二人きりになった直後に伝令の小鳥を飛ばしたから、伝言を受け取った陽菜様が勝手にしてくださっただろう」

二人きりになった直後？　陽菜がこの部屋を出ていってすぐにやる気だったの？

伝令の小鳥とは、ガブが魔法で作り出す小さな鳥のことで、離れた場所にいる人に伝言がある時にたまに使っている。陽菜になんて伝えたのか……気になるけれど、知りたくない。

「それから、陽菜様はこの部屋には入れないよう細工もしていたから……ああ、ほら。この部屋に入れるようになったことがわかって、もうこっちに向かってきている足音がする」

そう言われて耳を澄ますと、廊下をどすどす歩く大きな足音がした。いつもとまった く違う足音だけど……絶対陽菜だ。怒っていますと音で伝えてきている。

ガブはしばらくなにかを考えてから……

「よし、葉菜。逃げるぞ」

と提案してきた。

「ええっ!?」

もっと怒らせることになるのでは？　と思うが、ガブに抱えられて中庭に来てしまった。

このあと部屋に帰ったら、満面の笑みを浮かべながら怒る陽菜と会うことになるだろ う。目的地には着いたはずなのに、ガブはまだ私をうしろから抱え込んでいる。

「……ガブ？」

「なんだ」

「お尻に、なんか、その……また硬いものが当たってる」

押し付けられている腰の辺りに、硬いものを感じる。私が顔を熱くしながら指摘したというのに、ガブは逆に呆れ顔だ。

「今さらか。いつものことだ、気にするな」

さっき二回もしたじゃない!? 私が口を開けたまま振り返ると——

「葉菜を抱きしめて反応しないわけないだろう。毎回この状態だ」

と、当然のように胸を張って言う。私はもう言葉が出てこない。毎回……!? 今日までまったく気が付かなかった。

「なに、またおさめてくれるのか?」

ぐりっと押し付けられるものの感触に、体の奥がずくんと反応してしまった。

「ち、ちがっ……!」

しまった。変なスイッチを押してしまった。

どうにかこの妙に色っぽい視線から逃げようと視線を巡らせたところ——ふよんふよんと飛んでいる毛玉を見つけた。

「可愛い……!」

思わず目を奪われてつぶやく。私の視線を追って、ガブもそちらを見て「なんだ。ウィンか」と不機嫌な声を出した。

ウィンは、ふよふよと漂いながら、私に近付いてきて、「ぴー！」と鳴いた。その声に驚いている間に、ウィンが私の足元に降り立ったかと思うと、ぐんっと大きくなる。

「な、なんで……？」

突然大きくなって、目の前で気持ちよさそうに目を細めるウィンを、私は呆然と眺めた。

「ウィンは、魔力が好物だ」

ガブがため息を吐きながら説明する。

「だから、常に魔力を垂れ流し状態にしている葉菜の傍にいると、魔力を吸収し放題で、それを栄養にして大きくなれるんだろうよ」

「……私って、魔力垂れ流しなんですか。

初めて聞いた情報に目を瞬かせながらウィンを見ると、実に幸せそうに喉を鳴らしていた。

魔力を食べるってことは、この子がいれば私の強大な力を吸い取ってもらえたりするのかなあ。そうすれば私は、もう暴走しないで済むのかもしれない。

——ガブとの第三ラウンドを回避できたことに安堵しながら、ふわふわのウィンを眺めていた。

7

東西南北、四国の大使たちが来てから、二週間が経った。

その間、ひっきりなしに食事だの茶だの買い物だの散歩だのに誘われて、正直うんざりしている。

私は、陽菜の邪魔にならないように黙って横に座っているか立っているだけだが、それでも疲労は溜まる。

今日も昼過ぎから散歩に誘われて、部屋に戻ってきたばかりだ。ぐったりとソファに沈み込む私に、陽菜は不思議そうな顔を向ける。

「そこまで疲れる?」

今まで以上につやつやと血色のいい顔をして陽菜は言う。毎日毎日、競うように……実際競っているのだが……褒めたたえられることが陽菜を輝かせている。

「すっごく、楽しいけどなあ」

鼻歌を口ずさみながら紅茶を飲む陽菜は、ご機嫌だ。自分の一言に一喜一憂するイケ

メンたちが癒しなのだそうだ。私は私の癒し……王子に頼んで飼えるようになった『わたまる』と名付けたウィンを抱きしめた。

それぞれの大使は、やはり私よりも陽菜の言葉を求める。治癒の力がほしいのだろう。たくさんの人に囲まれて陽菜が楽しそうにしているのを眺めながら、私の心はすごく穏やかだった。素直に陽菜はすごいなあと思う。

少し前……この世界に来る前だったら、『どうせ私は』と、いじける気持ちをなくすことはできなかった。

だけど、今は暗く沈むことはない。陽菜を囲む人たちを観察して楽しむ余裕まである。

特に、どんどん派手になっていくクリスマス騎士は面白い。

——ガブという、大切な存在ができたから。彼は私にたくさんの愛情を注いでくれる。

だから、自分は必要とされている存在なのだと安心できた。彼がいてくれるお陰で、卑屈な気持ちにならなくて済んでいる。今までは双子ということで、いろいろと比べられたりしてきたけれど、ガブがいるこの世界では、そんなことを考える必要がない。その

ことが私の心に安定をもたらしていた。ガブに出会えて本当によかったと思う。

わたまるとたわむれながらソファでごろごろしていると、ドアをノックする音がしてガブが顔を出した。

「葉菜、疲れたのか?」

ソファに沈み込む私に、すぐに近寄ってきた。ガブだって、とても忙しいと聞いている。それなのに、少しの時間でも空きがあれば私に会いにきてくれることが嬉しい。

「うん、大丈夫だよ」

返事をする私を見ながら、ガブは目を細める。

「葉菜、そいつは魔力を食う。ずっと抱いていたら体力もなくなるかもしれない。あまり触らないように」

そう言って腕の中からわたまるを取り上げ、床に置かれてしまった。代わりに、私がガブの腕の中に収まる。

「そうなの?」

そう聞くと、ガブは目を逸らして「ああ」とうなずいた。

「葉菜、騙されてるわよ」

「黙っててくれますか」

陽菜の言葉に、間髪容れずにガブが答える。わたまるはガブに近付いてこようとはしない。

「ガブスティル様、なにか用事があって来られたんじゃないんですか?」

陽菜が気に入らなそうにガブを見ながら聞いた。ガブは私に頬ずりするのをやめずに返事をする。

「三日後、すべての大使がお帰りになります」

「も、なんでキスするのっ」

真面目な声を出しながらも私の頬に口づけてくるガブを両手で押すと、なにが悪いのかわからないといった顔をして、理由をあっさりと口にする。

「可愛いから」

「伝えなきゃいけないことを先に言ってからにしていただける？」

イラつきを隠さなくなった陽菜の声に、ガブは仕方なさそうに顔を上げる。私はいたたまれなくてガブの胸に顔をうずめた。

「明日、最後の謁見があります。四国すべての大使がそろい、挨拶を行うことになりました。その場で、巫女姫様方への勧誘があるかと思われます」

やっと、あの人たち、帰ってくれるんだ。そう思うと、ほっとして体の力が抜ける。

「中には、『我が国は巫女姫様に必ず来ていただける』と確信を持っている国もあります」

ガブが急に低い声を出した。

――な、なぜ、私はそんなに冷たい視線に晒されるのだろうか。ある国に確信を持た

せてしまったのは私ということ？　心当たりは……あるな。ピカピカのクリスマスツ

リーのようなお方を思い浮かべる。

「とにかくどこも、巫女姫様の同意を得て是非自国に招きたいと思っています」

「い、いひゃい」

ガブは私の頬を掴み、両側に伸ばす。

「我が中央国を介して聞けば、巫女姫様方に自国に来ていただけないのはわかりきった

ことです。我が国も巫女姫様に留まっていただきたいと思っています。でも、直接

聞けば、もしかすると状況が変わるかもしれない。そう期待しているのです」

頬を伸ばされるのは終わったけれど、さっきまでいじめられていた頬は、次はガブの

手のひらに包まれて、顔を背けることができない状態になった。

「葉菜はどうしたい？」

突然、私の意見を聞かれて、驚く。そりゃ……できれば、ガブの一番近くにいたい。

「陽菜、どこか行きたい？」

「ううん。この間、殿下にも言ったけれど、この国にはお世話になっているし、どこへ

も行くつもりはないわ」

それならば、なにも問題はない。

「私も、ここにいたい」

抱きしめられたままガブを見上げて答えると、満足げにうなずかれた。

柔らかな微笑を浮かべてガブが私に口にだ。

こんな人前でキスされるなんてとあたふたする私を見ながら、陽菜は「なんかもう、見すぎて飽きてきちゃったわ」なんてひどいことを言う。

恥ずかしさに一人じたばたする私を無視して、ガブは明日の時間帯や流れなどを事務的に告げる。それから、まだ仕事が残っていると、当然のように私の頬にキスをして部屋を出ていった。

顔が熱いまま動けない私に陽菜が声をかけた。

「まあ、私は見慣れたから、大丈夫よ⁉」

陽菜が可愛らしく首を傾げながらフォローのような言葉を口にしてくれたけれど、全然慰めにはなっていなかった。

　　　　◆
　　◆
　◆

次の日、私はようやく気詰まりな時間から解放されると思い、ほっと息を吐きながら、

陽菜と共に最後の謁見へ向かっていた。

いつもの黒と白の衣装にそれぞれ身を包み、少し早いが謁見の間へと移動する。なぜ早めに行動しているかというと、行く途中の廊下などで大使方に会うのが嫌だからだ。

私と陽菜が連れ立って歩くその前に二人の警護がつき、両隣は侍女さんたちが固め、さらにうしろを三人の警護がついてくる。大使方の訪問期間中ずっと思っていたが、人をつけすぎだろう。そう告げてみたけれど、他国がなにをしてくるかわからないから、厳重にさせてほしいとのことだった。

たくさんの従者がいるが、ガブはいない。

「謁見の間に行けばいると思うわよ？　陛下の護衛をされているんじゃない？」

「視線だけでいろいろ読み取らないで！」

少し見回しただけなのに。察しのよすぎる妹を持つと大変だ。

護衛の任に就く方々が、微笑みながらうなずいてくれる。私の気持ちを読み取りすぎだと思う。陽菜の言っていることが正しいということだろう。もう、みんな、赤くなってしまったであろう顔を少し俯かせながら歩いていると、前方から大きな声が聞こえた。

「やはり、私には無理だ！　どうして私が黒姫を連れて帰らなければならない!?　あん

な無表情で恐ろしい女性と生涯を共にしろと言うのか！」

私たちが今歩いている渡り廊下を抜けた先の一室から声はしているようだ。姿は見えないが、大きな声なので内容はよく聞こえた。

黒姫を連れて帰る……。

「お前たちは他人事なのだろう！　だが、私はあれに人生を捧げる気はないのだ！」

大声を出す人物を宥めようとする声も聞こえるが、こちらはさすがに怒鳴っていないのでなにを言っているかまではわからない。

前を通るのは気まずいな……と思っていると、私の隣を歩いていた侍女さんが声がする部屋に駆け寄っていき、ドアを叩きながら厳しい声を出した。

「ドアを開けてくださいませ！」

ほどなく、私たちもその侍女さんに追いつき、件の部屋の前に辿り着いてしまう。その部屋の中にいた人が慌てたようにドアを開くと、そこにはクリスマス騎士がいた。

周りにいるのは、南国の人間だろう。彼らは、私たちの強張った表情を見て、今自分たちが話していた会話が聞こえていたことを悟ったらしい。勢いよく頭を下げてきた。

「失礼いたしました！　今のは誤解を招く表現で……！」

クリスマス騎士の横にいた男性が、なにか言い訳を口にしようとしたが、クリスマス

騎士がそれを押し留め、前に出てきた。

「誤解などではない。聞かれてしまったのならば、この場ではっきりさせておかなければならない」

きりっと私を見て、目が合うとさっと逸らされてしまった。

「スウォリディス様っ……!?」

側近が止めるのも聞かず、クリスマス騎士は響き渡る声で朗々と叫んだ。

「私が愛しているのは、白姫様なのです!」

胸の前で拳を握り、ぎゅっと切なげに眉根を寄せている。

常々私は、美形は絵になると思っているが、その髪が緑と赤である場合、顔の美しさを打ち消して、それは笑いの対象になるのだと気付いた。

「好意を持っていただいているのは、大変ありがたいと思っております」

頭を抱えるジェスチャーをして苦悩を表現しているなと思った次の瞬間、決意したように顔を上向けた。

「しかし、私は白姫様と共にありたい!」

彼の視線は夕日でも見ているかのように、私の斜め上辺りを眺めている。

「……」

「……」

「…………」

　私と陽菜は無言だった。どうしていいのかわからない。この間、陽菜やガブに指摘された

とおり、クリスマス騎士は完全に誤解している。

　そして今、私はフラれている状態ということだろうか。

　ここで「まったくそんな気ありませんでした」と返せば話は早いが、ギャラリーが多い。

はるばる来てくださっている方に恥をかかせるわけにもいかないので、好意があった

と勘違いされていることは甘んじて受け入れよう。両想いだと勘違いされない限りは、

私をこの国から連れ去ろうとすることもないだろうし、はっきり言ってどうでもいい。

　無言の私と陽菜を前に、クリスマス騎士はなにを思ったのか、さらに続けた。

「黒姫様、私と白姫様との仲を、お許しください！　私はあなたのものにはなれない。

本当の愛を見つけてしまったのです」

　私は彼のことが好きではないし、「許します」と答えるのは簡単だが、そう言おうも

のなら隣から平手が飛んできそうだ。

「私に対する黒姫様の想いを知り、苦しんでいらっしゃる白姫様に気付いてください」

……どうやら、私と陽菜は二人とも彼が好きな設定らしい。そして、私が彼を好きな

ことで、陽菜は自分の想いを口に出せずに苦しんでいると。私たちは、彼を取り合って

三角関係の真っただ中にいるということだろうか。

「あの……」

陽菜が口を開いたものの……

「いいのです！　あなた様のお気持ちはわかっております」

と、片手を出されて制されてしまった。

「けれど、愛し合う二人が共にいられないことなどあってはならないと思うのです」

彼の頭の中では、すでに陽菜と自分は愛の逃避行中のようだ。　私は、二人の仲を引き

裂く悪の帝王かなにか。

ここまで悪人に仕立て上げられて、なんだか面白いほどだ。どうにか、この場を穏便

に済ませる方法を探していると、すうっと、息を吸い込む音が聞こえた。

「失礼です！」

突然、私の隣にいた侍女さんが叫んだ。

驚いて彼女を見ると、真っ赤な顔をしていた。

「黒姫様の愛らしさも知らずに！」

そんなもの、私だって知らないが。

「先ほどから身勝手なことばかり言われているではありませんか」

彼女はお腹の前で手をぎゅっと握りしめていた。この場の全員の視線を集めて、緊張に体をぎゅっと縮こまらせながら。

彼女は、まだ続けた。

「黒姫様に対して、謝罪を要求いたします」

彼女は、背筋をピンと伸ばし、南国の人たちを見ていた。

私は、しばらく彼女に見惚れた。

——私は自分を守るだけで精一杯で、この世界にきてから陽菜とガブ以外とあまり打ち解けようとしていなかった。この間の王子たちに平伏されてしまった時の一件から、少しは親しみを感じるようになっていたものの、基本的には陽菜とガブさえいればいいと考えていたのだ。

それなのに、彼女は私を守ろうとしてくれている。私のために……

私は、なにか言わなければと思った。

そして、口を開こうとしたのだけど——

「使用人が、このような場所で口を挟むなど——！」

私よりも早く、先に怒りの言葉が聞こえた。

クリスマス騎士が怒りで顔を赤くして叫んだのだ。

「わっ……。私は、暴言を謝罪していただこうと……！」

侍女さんが言い淀む中、クリスマス騎士は叫ぶ。

「礼儀知らずめ。こんな使用人を雇っていることからもこの国の品位が疑われる」

侍女さんの肩がびくんと動いた。

自分の行動が、この国自体の評価につながってしまったことに怯えていた。そして、自分の発言を後悔しているようだった。

——いいや、後悔なんてさせない。

「とても、優秀でしょう？」

意図的に、ゆっくりとしゃべった。一言一言をはっきりと、重要なことを話していると伝わるように発音する。

私を守ろうと勇気を出してくれた人を、放っておいてはいけない。

普段あまりしゃべらない私が珍しく口を開いたことで、急に、この場が静かになる。

「力に屈しない強さ。この国を表しているようだわ」

一歩、クリスマス騎士に近付いた。彼は、一歩下がる。

「それに、私があなたの暴言を許しはしないことも知っていて、立ち向かってくれた」

もう一歩進む。彼は、さらに下がる。

「加えて、これ以上の暴言を吐いてあなた方が咎められることからも守ろうとした。そん

な優しさまで兼ね備えているのよ」

私の言葉で、目の前の人間の顔が白くなる。

南国の人間、全員が一歩一歩下がっていく。

「ねえ？」

ひっ……と、鋭く息を呑む音が聞こえた。

「その優しさに気付けない馬鹿者の頭なんて……ただの飾り。いらないと思わない？」

腕を上げようとしたところで、陽菜が私の腕を引っ張った。

「葉菜」

視線をやると、眉間に皺を寄せて、陽菜が首を横に振った。

そして、南国の人たちのほうを見て――

「今のお話の続きは、謁見の間でお聞きします」

そう言ってから、綺麗に一礼する。その姿に見惚れていたら――突然、陽菜が消えた。

まるで風に攫われたかのように、陽菜がいなくなったのだ。

次の瞬間、魔力によって陽菜が捕らわれたことに気付いた。

「私の愛はあなたに屈しはしない！」

その声に目を向けると、そりのようなものに乗り込んでいるクリスマス騎士がいた。

その腕には、驚いて固まっている陽菜が抱き上げられている。

「私たちは、この愛を貫き通します！」

彼が叫ぶと同時に、そりがふわりと浮いて城の外へと飛んでいく。

「陽菜っ！　陽菜を返しなさい！」

ようやく私や護衛が動き出した時には、すでにそりは手の届かない場所にいた。

「お許しください！　私たちは愛し合っているのです！」

遠くのほうでクリスマス騎士が叫びながら、そりは一気にスピードを上げて見えなくなっていく。　陽菜は悲鳴を上げていた。

護衛がすぐさま捜索隊を組み、侍女さんたちはおろおろと歩き回る。

──許さない。

「陽菜を、連れ去るなんて」

──逃がさない。

「陽菜を返せええええっ」

ぶわっと私の周りの空気が動いた。　抑えきれない力が溢れ出すのを感じる。体中に、痛いほどの力がみなぎる。

その時、私の周りで悲鳴が上がった。

怒りで陽菜が乗ったそりしか見ていなかったが、私が巻き起こした魔力の風に煽られた人々が叫び、地に伏していた。

「……ぁ」

小さな声が、意図せずに漏れた。それに反応したように、侍女さんの一人が顔を上げる。

「黒姫様っ。落ち着いてください」

声をかけられたけれど、私の力は、もう自分で制御できる状態ではなかった。

どうしよう。陽菜を追いかけないと。この力、どうしよう。陽菜はどこ。

錯乱状態になりそうになっていたけれど、ふと体が楽になった。

「ぴー」

大きくなったわたまるが私の横に座った。その姿を見て、私は少しだけ冷静さを取り戻す。

周囲にはいまだに風が吹き荒れているけれど、目を閉じて意識を集中させると、ガブの声が聞こえるような気がした。

『そう、ゆっくりだ。ゆっくり吐き出して』

ゆっくりと、風を身にまとわせるイメージ。私はガブの声に従い、力を制御しようと

試みる。

わずかながら風が止んだ時、わたまるが私を見て、頭をゆっくりと下げた。私の目の前で伏せをする格好だ。

「乗っていいの?」

小さな声で聞くと、わたまるは目を細めて、もう一度鳴いた。

「ありがとう!」

私が背に飛び乗ると、わたまるは翼を動かし、一気に空に駆け上る。黒い点のように動きも見えた。南の空を一直線に駆けていた。

「黒姫様! お待ちください! もうすぐ、司令官が見えますから!」

下から、護衛たちの張り上げる声を聞いた。

「黒姫様! 危ないです!」

侍女さんたちの、悲痛な声も聞こえた。

私の魔力に吹き飛ばされてしまった人もいて、もしかしたら自分もそうなる可能性があるのに、それでも私に手を伸ばしてくれる。私を心配してくれる人がいることを知り、泣きたくなる。みんなの想いが嬉しい。

だけど、私は陽菜がいなければこの世界で生きていけない。

――だから、ごめん。

心の中だけで謝って、私はわたまるに伝える。あのそりに追い付いてと。

わたまるは空中を駆ける。

私は吹き飛ばされそうになって、慌ててわたまるの首にしがみ付いた。

わたまるは、空中を走るように足を動かして、ものすごいスピードでそりを追いかけてくれた。

「陽菜！　陽菜を返して！　待って！」

私は力の限りに声を上げた。

陽菜の乗るそりよりも、わたまるのほうが少し速いみたいだ。少しずつ、二人のそりが近付いてくる。

そう思った途端、「やめてったら！」という陽菜の悲鳴が風に流されて聞こえた。

陽菜になにをするの……！

わたまるが追い付く前に、陽菜がなにかされてしまうかもしれない。

私はわたまるにしがみ付いたまま大きく息を吸った。

――『力の流れを感じて』

頭の中に、ガブの声が響く。私の手に、ガブの手が重なっている気がした。

私の指先に、淡い明かりが灯る。この明かりは――飛行機だ。私は超音速機を思い浮かべながら、明かりを飛ばした。その明かりは、あっという間にクリスマス騎士に追い付く。

私はさらにイメージを膨らませながら、腕を振った。私の手の中から飛んでいった明かりは、ぴゅっと甲高い音を立てながら、クリスマス騎士の横で弾けた。

真横でいきなり爆発が起こり、クリスマス騎士のそりは傾いてしまったが、ふらふらしながらも、正常な状態に戻った。そうしているうちに、私たちは彼らに追い付くことができたのだ。

「葉菜!」

陽菜が、私に気が付いて目を丸くしている。

――よかった、陽菜は無事だ。着衣に乱れもないし、なにもされていないように見えた。

「陽菜、助けにきた!」

そう言いながら、私は指先に意識を集中させた。

今、私はクリスマス騎士を……初めて人間を攻撃しようとしている。私が本気でこの力をぶつけたら彼を殺してしまうだろうから、それほど強くはしないけれど。それに万

が一にも陽菜には当てられない。

ざわっと、心臓を直接撫でられるような不快な感覚が背筋を駆け上った。

私は、殺すことができるような力で、人間を攻撃しようとしているんだ。

腕が恐怖に震えた。

違う、殺すことが目的じゃない。陽菜を助けるんだ。死んでしまうかもしれないなんて考えてはいけない。コントロールが効かなくなる。

もう一度大きく深呼吸をして、クリスマス騎士を睨み付けた。

「陽菜を離しなさい」

彼が、陽菜を強く抱き寄せた。陽菜の痛みに歪んだ顔を見た瞬間、私は溜めていた力を彼に向かって飛ばしてしまう。

「私たちは愛し合っているのです！　邪魔はさせない！」

バシンッ！

派手な音を立てて、陽菜が座っている側のそりの後方にあった装飾が弾け飛んだ。

コントロールが、全然できていない……！

もう一度やろうとは思えない精度だった。

それに、手も足も震えが止まらなくて、もう力を溜めることすらできない。自分の無

力さに絶望しそうになった。

泣いている場合ではないのに、目に涙が浮かぶ。陽菜が、「大丈夫だよ」と言うように手を振ってくれた。陽菜は、私がなにをしようとして、なににショックを受けているのかをしっかりと理解している。

クリスマス騎士は、悔しさに唇を噛みしめる私を見て、眉間の皺をつまんで苦悩の声を上げる。

「なんてことだ」

そりが壊れたからか、彼はとても悩んでいるようだった。芝居がかったセリフを吐き、こんな状況にもかかわらず、なぜか自分の世界に入り込んでいるみたいだ。

彼が浸っている間に、どうにかして陽菜を助け出そうと考えていると、クリスマス騎士はくわっと目を見開いて叫んだ。

「私の美しさは、なんて罪深いのだ!」

突然の大声に、私も陽菜も体がびくっとした。

「黒姫様がそんなにも情熱的に私を想ってくださっているとは! しかし、私の心は白姫様にある。 しかし! それでも構わないとおっしゃるのなら、私はあなたを愛人として囲うことも……ぐあっ」

陽菜がクリスマス騎士の顎を下から掌底で突き上げた。しゃべっている途中だったので、舌を噛んだみたいだ。

私がクリスマス騎士のセリフに呆然としている間に、陽菜は怒りをたぎらせたらしい。

「葉菜を、愛人にですって……⁉」

低い陽菜の声に、クリスマス騎士は、慌てて立ち上がって首を横に振る。

「大丈夫です。私はあなたを一番に愛していますから！　黒姫は……ぐふっ」

クリスマス騎士は、次は腹を蹴られて倒れた。

「この、変態誘拐犯が。キモいんだよ、触んな」

陽菜から発された言葉を理解できていないのだろう。クリスマス騎士は、しばらくじっとしてから、ふっと笑って華麗に立ち上がった。

どうやら空耳だと思うことにしたらしい彼が、陽菜に向けて手のひらを差し出したところで――

「そのオーバーアクションすべてがウザイ」

腕を組んで蔑むような目をした陽菜がとどめを刺した。

笑顔のまま固まった彼を放って、陽菜は私に手を伸ばす。

「それ、わたまる？　その大きい姿なら触りたいわ」

大きくて格好いいわたまるは、お気に召したらしい。クリスマス騎士を無視してこちらへ来ようとした。しかし……

「──なんてことだ」

彼のつぶやきが聞こえたと思ったら、陽菜の首に腕が回っていた。

「なんてことだなんてことだ！　白姫様に悪魔が乗り移ってしまった！」

クリスマス騎士が、錯乱したようにわめきながら陽菜の首を絞める。どうやらさっきの陽菜の暴言は、悪魔の仕業と思うことにしたらしい。

「なにをするの！　陽菜を離しなさい！」

そう声をかけるけど、私は今、力を溜めることもできず、応戦する術がない。

「離せっ」

私はそりのギリギリまでわたまるを寄せ、クリスマス騎士の腕に縋り付いて陽菜から手を離させようともがく。

けれども彼は「悪魔が愛しい姫を！」と叫びながら陽菜を捕まえ続ける。

陽菜の顔は、首を絞められているせいで真っ赤から紫に変わっていく。陽菜は口を開け、必死で喘いでいる。

「嫌だ、お願い。離して！」

涙が溢れた。陽菜を助けられない——！

「まさか……」

絶望しそうになった時、クリスマス騎士の、呆然としたつぶやきが聞こえた。そうして私が掴んでいる腕から少し力が抜けたように感じて顔を上げると、彼は血走った目でこちらを見ていた。

「そうか、お前が悪魔か！」

私の泣き顔を憎々しげに見て、彼は陽菜の首から手を離した。陽菜の様子が気になるけれど、咳き込んでいるから死んではいない。そのことに安心して、私は彼とふたたび対峙する。

魔力を使って、クリスマス騎士がこれ以上陽菜に危害を加えられないようにしたい。

——さっきまでの手や体の震えはおさまったから、また魔力を溜めることはできそうだ。とはいえ、こんな至近距離で力を放てない。そんなことをしたら、私はきっとこの人を殺してしまう。

私は為す術もなく——彼が私を殺すために伸ばしてくる手を待つ。

「触るな」

だが、覚悟していた手には捕らえられず、逞しく温かな腕に抱き込まれた。

——声と腕の主は、ガブだった。

クリスマス騎士は、ガブの長い足に蹴り飛ばされた。

「葉菜、なにをしているんだ。浮気か?」

私を抱き込んだまま、気に入らなそうに眉根を寄せた顔を、ぼんやりと見上げた。

「ガブ?」

小さく呼びかけると、私の顔を見たガブが困った顔をした。そして、私の頭に手を置いて、よしよしと撫でてくれる。

「私が来るまで待っていればいいものを」

ため息を吐きながら、仕方のない子だと言われているのに、優しく温かい腕に抱き込まれて、私は涙をこらえられなかった。

——だって、陽菜が連れ去られて、そんな余裕なかったの。陽菜を見失ってしまったって、とても怖くて。それに本当は、自分が攻撃されるのも怖かった。

「ひ〜〜ん」

情けない声を上げて、私は世界で一番安心できるガブの胸に顔をうずめた。

額に浮かんだ汗を面倒くさそうに拭う彼は、クリスマス騎士を腕の一振りで拘束してしまう。クリスマス騎士の両手首には、灯りの輪のようなものがくくり付けられている。

「なにをするんだ！　私は悪魔を退治しようとしただけだ！」

私を『悪魔』と評する言葉に、身がすくんだ。私は思わず、ガブの腕にもっと深く顔をうずめる。

「神の遣いである巫女姫様になんてことを。……運べ」

だが、クリスマス騎士は、自分を連行しようとした兵たちに叱責の声を上げた。

「私を誰だと思っているんだ！　中央国など、我が国にかかればひとひねりだぞ！」

クリスマス騎士が発した戦争を示唆する言葉に、私は震えた。

「――巫女姫様を攫った上、その暴言。許されることはないでしょう」

ガブの淡々とした言葉の中にある本気の怒りに、私は顔を上げる。

戦争の抑止力になるためにこの世界にやってきた私たちが、争いの火種になる？

「――そんなの、嫌だ！　ガブの腕の力が強すぎて、そんなことをしてはいけないと訴えようと思ったのに、ガブの腕の力が強すぎて、出ていけなかった。

腕を離してもらおうと、もがいてみれるほど力が強まっている気がする。

そうやって私がもがいている姿を見たクリスマス騎士は大きく手を広げて、叫んだ。

「ははっ！　そう、中央国の者こそ、巫女姫を縛り付ける罪人ではないか！」

彼は、私を見て、不自然なくらい優しく微笑んだ。ぞわっと背筋に震えが走って鳥肌が立つほど気持ちが悪かった。

「巫女姫を縛り付ける悪人を許しておけない!」

彼は、魔力の拘束の下でもがきながら、私に近付いてくる。

「さあ、黒姫様。怖がらずに仰ってください。私と共に南国へ行くと!」

「え? いや、行きません」

さっきまで逃れようとしていたガブの腕に縋り付く。

またしがみ付いてきた私を抱きとめながら、ガブは深いため息を吐いていた。

「黒姫様、怖がる必要はないのです! 我が南国は全力で、あなたをお守りします!」

断ったというのに、クリスマス騎士は、まるで自分こそ私を助ける英雄であるかのようなことを言っている。

意味がわからない。

首を傾げる私に、クリスマス騎士はわかっているというように大きくうなずいた。

「先ほど私が言った、『愛人』という言葉を気にしているのですね」

陽菜がブチ切れた言葉か。ガブの腕にも力がぎゅっと加わった。

「先ほどは緊張のあまり、本心とはかけ離れた言葉を叫んでしまいました」

先ほどの言葉とは、悪魔だと叫んでいたあれだろうか。それとも、愛人にするとか言っ

ていたほう？

「本当は、あなたを愛しく思っていたというのに」

「……は？」

想像もしなかった言葉が出てきた。驚いて思わず普通に声を出してしまった私に、クリスマス騎士は悔しそうな表情を向ける。

「私は愛しい女性にひどい暴言を吐いてしまった。この罪深い自分が許せない」

おでこを押さえて苦悩の表情を浮かべるこの人に、私は構ってあげるべきなのだろうか。

愛しい女性ってダレダ。この流れから行くと、次に続く彼の言葉はまさか……

「黒姫様、私と共に……」

やっぱり。なに考えているんだ、この人。

「黒姫は、私のものだ」

驚きすぎて固まっていると、ガブの腕が私を包み込んだ。強く抱き寄せられて、そんな場合じゃないのにきゅんと胸が高鳴った。

そうして頬の筋肉が緩んでしまっているところに、クリスマス騎士の不快そうな声が響く。

「そうやって、無理矢理従わせているということですか？　神の遣いである巫女姫様を！」

ポーズをつけて言う彼を眺めながら、私は首を傾げた。

「無理矢理とは、どういうことでしょう？」

二人の会話に割り込んだ。無理矢理なにかしたと言うなら、クリスマス騎士のほうだろう。

「黒姫様、ですから、あなたを捕まえている、その男性が……」

クリスマス騎士が不満げな顔をしながらガブを指さした。

私はガブを見上げて、なるほどと思う。大きな体のガブが、私を全身で包み込んでいる様を、クリスマス騎士は囚われていると判断したようだ。

「私が彼を怖がることはありません。なぜなら彼は──」

言葉を続けようとした途端、私の顔は熱くなった。

気まずくなって辺りを見渡せば、クリスマス騎士だけでなく、その場にいる全員がこちらに注目していた。というか、さっきより人が増えている。中央国の衛兵と、なぜか面白がっている表情を隠しもしない王子までいた。

なぜ、こんな公開告白っぽいシチュエー

途端に、喉が引き攣れたように動かなくなる。

ション⁉

チラリと見上げれば、困った顔をしたガブがいた。相変わらず、その腕は私を離さない。ガブが傍にいてくれることに安心して、無理矢理声を絞り出した。

「彼は、私の恋人です」

言った途端、クリスマス騎士は目を見開いた。

「え、しかし……！」

「スゥオリディス様」

クリスマス騎士の言葉を遮ったのは陽菜だった。自分が乗ってきたそりから王子のそりに乗り移り、傍らに佇む王子の手を借りながら、陽菜が立ち上がっていた。いつもは避けたがる王子の手をぎゅっと握りしめて、クリスマス騎士を睨み付けている。

陽菜は大きく息を吸って、言葉を発した。

「私たちをかどわかした理由等もお聞きしなくてはなりませんわ。城へお戻りください ますね？」

私たちって……陽菜だけが連れてこられたのであって、私は追いかけてきたのだけど。

しかしクリスマス騎士も、反論もせずに静かにうなずく。

その間、陽菜の傍そばに立つ王子はなにも言わずに、ただ陽菜を支えていた。

――クリスマス騎士から陽菜を奪還し、一応話がまとまったので、私たちはお城に戻ることになった。

ガブたちは、クリスマス騎士のものとは形は違えど、やはりそりのようなものに乗ってきていた。どうやら、この世界の魔力ゆうを有する者たちの間では一般的な空飛ぶ乗り物らしい。

……クリスマス騎士だけに、そりかと思ったのに。なんだ、みんな乗るのか。

帰り道も、私はわたあめるに乗って帰ろうかと思っていたのだけど、あっさりとガブのそりへと乗せられてしまう。

「乗るのは、このそり以外では私にだけにしてくれ」

「その言葉はアウトだわ」

ガブの背後から陽菜の突っ込みが入った。

え？　………ああ、そういうことか！

その突っ込みがないと、言われた意味がわからなかったと思う。ちなみに、陽菜は王子が嬉しそうに同じそりに乗せていた。

クリスマス騎士は、自分の意思で城に戻るというので、騎士たちに監視されながら自

分のそりで移動している。隣国の大使という彼の身分があるため、その場ですぐに逮捕というわけにはいかないらしい。城への帰路でガブが教えてくれた。

◆　◇　◆

城に戻りはしたものの、事件のことは多くの人間に知られたいことではない。そのため、クリスマス騎士と私たち、それから王子と先ほどガブと一緒に追いかけてくれた護衛の一部は、大使訪問期間の護衛の総責任者である、ガブの執務室へ集まった。

「巫女姫様方を連れ去ろうとした理由をお聞かせください」

今回の事件の関係者が全員部屋に入ったのを確認するなり、王子が口を開いた。

「……私は、白姫様と相思相愛で……」

「という妄想を拡大させた上での暴挙というわけですね」

王子はわざわざ聞いたくせに、さっさとクリスマス騎士の言葉を切って捨てた。

「では、黒姫様を愛しく想っていた、という先ほどの言葉は？」

王子がそう聞くと、クリスマス騎士は、不快そうに眉根を寄せて髪をかき上げた。

「私は、黒姫様に何度も求愛を受けていました」

「ええ⁉」

「もう、本当のことを言ったら?」

困り切って陽菜を見たところ、陽菜はそっぽを向いたまま言った。

まったく信じてくれる気配がない! どどど、どうしよう!

誤魔化そうと試みたけれど、ふふっという彼の自信に満ちた笑い声でかき消された。

「い、いえ、お一人にだけ微笑むなど」

まずい、と思った瞬間に、顔が熱くなるのを感じた。

……覚えがな……くはない。前に陽菜からも、どうしてクリスマス騎士が来た時にだけ笑ったのかと言われたことを思い出した。

クリスマス騎士にだけ微笑んだ……?

「黒姫様、なぜ私にだけ微笑んでくださったのですか?」

彼は、目も口も開いた私を横目でチラリと見てから、ふっと、息を吐き出しながら意味ありげに笑った。

「ですから、共に国へ帰ろうと誘ったのです」

「求愛⁉」した覚えがない。

ぽかん。私は、下顎が外れるほど大きく口を開けた。

270

失礼すぎるでしょう！

うしろを振り返ってガブを見ると、やっぱり困った顔。

「葉菜が理由を言わなきゃ、終わらないのよ」

陽菜のいつになく冷たい声を聞いて、私はクリスマス騎士に顔を向けた。彼は、期待した顔でニコニコと笑って私を見下ろしている。『好意があると勘違いされていることくらい構わない』と思っていた過去の自分を殴りたい。とりあえず、どんな誤解でも解いておくことが大切なのだ。

「〜〜っ、も、申し訳ありません！」

とりあえず、先に謝っておこうと、謝罪から入った。

「なぜ、謝るのです？」

クリスマス騎士の問いには答えずに言葉を紡ぐ。

「私が笑っていたのは、あの、ク……いえ、騎士様のお姿が………」

やべえ。名前さえ覚えていない。

「姿ですか？ ……ふふ。この私の姿がどうされました？」

なんだか、彼はとても嬉しそうだ。私の言葉に合わせて、髪をかき上げ小首を傾げる。

えらく格好付けている感じがするが、笑いを誘うのでやめてほしい。謝っている最中に

笑いたくなってしまう。

とにかく、私は言わなければ。

「面白くて……すみません」

「——はい？」

クリスマス騎士の固まった表情が怖い。申し訳なさから、目を合わせることもできず

にまくし立てた。

「あああぁっ！　あの、誰かの姿を見て面白いと思うことの失礼さはしっかりとわかっ

ているんです！　いるんですが、バレなきゃいいと思っていて……！　いえ、だって、

そんなアレそのものみたいな色合いをしていらっしゃるからっ！」

しまった。責任転嫁するようなことを言ってしまった。もうなにをどう説明していい

のかわからなくなっていたところで、陽菜からの助け舟がきた。

「私たちが元いた世界では、赤と緑が定番色となっているお祭りがあるのです」

いつの間にか、陽菜の前には白い紙が出現している。そこに陽菜は、大きくクリスマ

スツリーを書き込んだ。

「そのお祭りの時、こういう緑色の木に、赤い飾りを付けるのです。名前を、クリスマ

スツリーと言います。木や飾りには他の

色もありますが、多くの場合赤と緑を用います。

まあ、すごく単純化しているけれど、そういうこと、なのかな？

陽菜の簡単な説明を聞きながら、私は一生懸命謝罪の言葉を考えていた。

「そして、このクリスマスツリーの一番上には星型のオーナメントをつけるのも定番です。なにかに似ていると思いませんか？　はい、今日のスウォリディス様の格好です」

ぐっ……

謝罪の言葉を考えていたのに、陽菜の説明を聞いていたら、また噴き出しかけた。

もうダメだ。笑ってはダメ。ダメなのに……

「スウォリディス様と初めてお会いした日も、葉菜はこういう気持ちで微笑んでいたのです。今、葉菜の頭の中は『笑っちゃダメ』という言葉でいっぱいです」

余計なことを言うな！　お腹が引き攣れそうなほど痛い。

「もっ……申し訳なく思って……ぶふっ」

「葉菜、その言葉、笑いながら言っても説得力がないわ」

「ぶはっ……っ！　誰のせいよっ！」

陽菜が呑気に突っ込んでくる言葉に勢いよく返事をした。その勢いを借りて、もう一度、しっかりと謝罪をした。

「ごめんなさい！　見るたびにクリスマスを思い出してしまって、お目にかかるたびに

「おか、しくて……」

「おか、しくて……?」

私の謝罪を聞いて、呆然という表情で彼は立ち尽くした。私だって、普段はこんなに失礼すぎる

こんな無礼を働かれたことなどないのだろう。私だって、普段はこんなに失礼すぎる

ことはしないのだ。

「でも、ご安心ください! 私たちの元いた世界では笑いが止まらないほど面白い格好

ですが、こちらの世界ではオシャレに違いありませんから!」

謝罪は済んだので、次はフォローだと思った。

「頭に星を載っけるようなちょっと信じられない行為も、この世界では大丈夫なんだと

思うんです!」

「だ……だいじょう、ぶ……ですか……」

弱々しい声でつぶやいた彼は、ショックを受けているようだ。だから私は申し訳なく

思いながら、力強く肯定した。

「はい! 派手ですごく目立って、目印になっていいですよね!」

「目印……」

クリスマス騎士がよたよたとうしろに数歩よろけた。まだフォローが足りないようだ。

そうしたら……！

「葉菜、これ以上なにも言わないほうがいいと思うわ」

「え、そう？」

陽菜にうしろへと引っ張られて、私は言葉を止める。陽菜を見ると、深くゆっくりとうなずかれた。

それから私と陽菜は、王子とガブにそっと促されてドアへ向かう。

「あれ、クリ……じゃない、すうおう……？ えと、あの……騎士様はどこへ？」

さっき、陽菜が名前を呼んでいたから、その時覚えたつもりだったけれど、私の脳み

そはやっぱり名前を記憶していなかった。

「放っておいてあげて」

陽菜が目を伏せて首を横に振る。ガブと王子を見ると、呆れた視線が降ってきた。私

が、クリスマス騎士の名前を覚えていないことを、ここにいる全員に知られてしまった。

「だっ……大丈夫！ 私、王子の名前も覚えていない！」

クリスマス騎士に向かって、あなただけが特別じゃないのです！ というフォローを

したつもりだったが、今度は王子を驚かせてしまったようだ。王子は目を見開いて呆然

としている。

……失敗した。

「なにが大丈夫なのよ」

陽菜に背中を押されて、私は無理矢理部屋の外に出された。

廊下に出るなり、陽菜が呆れ声を上げる。

「あそこまで滅多打ちにするとは思っていなかったわ」

めったうち？

「私、謝って……フォローしたつもりなんだけど」

陽菜に、可哀想な子を見る目を向けられた。

うう、ひどい。

「でも、それよりも、もっとひどいのが自分だとわかっているので、おとなしく「すみません」とつぶやいた。

よくわからないけれど、ガブの機嫌はとてもいい。背後から抱きしめられたまま歩くことになり、邪魔だった。

そんなことを思いながら、自分たちの部屋へ向かっていると——

「黒姫様っ！」

部屋の前に、一人の侍女さんが泣きはらした顔で立っていた。よく見ると彼女は、クリスマス騎士の暴言から私を守ろうとしてくれた侍女さんだ。

「申し訳ありません！　私の軽はずみな発言で、こんなことに……！　本当にお怪我はないですか？」

謝罪の途中に、また涙が込み上げてきたようで、彼女は言葉を詰まらせた。

「無事だと連絡はしたはずだが」

ガブが淡々と言葉を紡ぐと、わかっているというように、深く何度もうなずいた。確かに、連絡は受けていたのだろう。でも、居ても立ってもいられず、自分の目で確かめるために来たのだと彼女は続けた。それと一緒に、私たちのためにティーセットも用意してくれている。

私は彼女の手に、そっと自分の手を伸ばした。

私はこの世界に来てから、強い魔力や腕力を持つ限られた人と陽菜にしか極力触れないようにしてきた。自分の力が暴走して、傷付けてしまいそうで怖かったから。いつも身の回りのお世話をしてくれているこの侍女さんに触れるのも、今日が初めて。近付いて怖がられることに怯えていたし、そんな態度をされて自分が傷付くのも嫌だった。

きっとこの侍女さんは、私の力を怖いと思うこともあったと思う。それなのに、こんな私を彼女は救ってくれた。

私が手を重ねると、彼女の目から洪水のように涙が溢れだした。

そして、私の手を両手で握りしめて、「よくぞご無事で……！」と、絞り出すように言った。

「ありがとう」

いろいろな想いを込めてお礼を言った。

私のことを、わかってくれる人がいる。

怖がらないで……、しっかりと見てくれる人がいる。

そのことを実感するたびに、召喚された直後は自分と陽菜の二人だけだった世界が広がっていくのを感じていた。

8

クリスマス騎士のことがあって延期された最後の謁見は、次の日に行われた。

南の国大使本人は体調不良ということで、代理の者が出席して滞りなく終了したのである。

各国の大使は、やはり陽菜に対して、我が国に来てほしいと懇願した。しかし陽菜は

持ち前の小悪魔的な話術と笑顔でそれらをかわしていった。その様子は、見事としか言いようがなかった。大使たちは陽菜の返答に大変満足し、とても感動していた。

そんな様子を、王子は満足げに目を細めて見つめていた。ついでに、時折陽菜に対して『さすが私の妃だ』とでも言いそうな視線も向ける。陽菜は、そんな王子の視線に、少しだけ染まった頬を隠しながらふんと鼻を鳴らしたのだった。

──そして次の日。

予定通りに四国の大使たちは、自国へと帰っていった。

私たちも彼らの見送りの場に行ったため、最後にもう一度クリスマス騎士に謝ろうかとも思ったのだが、陽菜に止められた。「傷を抉るな」と。……抉るつもりはないのだけれど。

結局、彼の処分は、中央国と私たちに対し賠償金を支払うことで決着したようだった。私も陽菜も彼のことは中央国の判断に任せると決めていたので異論はない。勘違いさせてしまった私も悪かったし、悪意があってしてしたことでもなかったので、それでよかった。

こうして、賓客の歓待期間が終わった。二週間ほどだったが、すごく長く感じられた。

──疲れたなあ。

夕食後、お風呂に入ってから、思わずソファでうとうとしていると、ごちんっといきなりゲンコツをくらった。

「うえっ!?」

驚いて振り返ると、陽菜だった。

というか、私にこんなことをするのは、この世界には陽菜しかいないのだけれど。

「なにすんのよ?」

目をぱちくりさせながら言うと、「今日こそは言わなきゃと思って」と陽菜は私の隣に座った。

「葉菜の無自覚なところも可愛くて今までは放置していたのだけれど、そろそろ教えておくわ」

なんのこと?

疑問はあれど、陽菜が妙に改まった言い方をするから、大切な用件かと思って身構えていた。

「葉菜は、私のことを可愛いって思う?」

陽菜の口から出てきたのは、なんてことのない確認だった。

「うん。すごく可愛い」

あっさりとうなずく。陽菜はこれまでも、時々こういうことを聞いてきていたし、本心から陽菜のことを可愛いと思っているので即答した。いつもの流れだと、このあと陽菜はにっこり笑って「ありがとう」と言い、この会話は終わりのはず。そう思っていたけれど、陽菜は真剣な表情を崩さず続けた。

「同じ顔なのよ」

一瞬、なにを言われたのかわからなくて、首を傾げる。

「私と葉菜は、同じ顔なの」

もう一度、力強く言われて、私は笑った。

「そりゃ、双子だもん。顔の作りはね。でも、私は身なりを気にしてないし陽菜は……」

いつも通りの私のセリフ。それをぶったぎって陽菜は言う。

「今は葉菜だって、プロフェッショナルな侍女の皆様に、毎日、同じように完璧に手入れしてもらってるでしょ」

「はあ……」

今も、風呂上がりに香油を塗ったりマッサージをしたりしていただいたあとなので、つやつやだ。

「私が可愛いってことは、葉菜も可愛いのよ。同じように可愛いの」

「へえ」

やっぱり、手入れというのはするべきなんだなと思う。一卵性なのに、見分けがつくと評判だった私たちが同じだと思われる日がくるなんて。

心底驚き、信じられない思いで陽菜を見ると呆れられた。

「鏡見てないの?」

「見てるけど、そんなもん、実感ないよ」

トリップ前と同じに思える。『うわぁお。美人になったわぁ』なんて感じたこともない。

「そんだけつやっつやなのに?」

まあ、肌質はよくなったと感じたことはある。今も、頬を両手で包むと、もちもちで気持ちがいい。少々太ったのかもしれないが、肌はすべすべだと思う。

「可愛いのよ。……聞いてんの⁉」

頬をつねられて怒られた。

「聞いてるけど、肌とかが綺麗になっただけでしょ? 私、あんまり人前でしゃべれないし、笑わないし、陽菜と同じほど可愛いってことはないと思う」

受け答えの仕方や表情が違うもの。陽菜は性格的に愛されるタイプだが、私は取っ付きにくいと感じさせてしまうタイプだ。

「葉菜の笑顔には、プレミアム感があるのよ」

「……」

また、妙なことを言い出した。

「滅多に笑顔を見せない分、笑いかけられると自分だけは特別！ と思えるプレミアム感があるの。その感情を抱かせることは、恋愛の王道テクニックよ！」

「ええ？」

どこの王道だ。見たことも聞いたこともない。

「いひゃい」

嫌そうな声を出した途端、両方の頬をつねられた。

「だから、少しでもいいから、自覚しなさい。葉菜は可愛いの」

陽菜の言いたいことがわからなくて、私は困った顔をする。そしたら陽菜は悲しそうにため息を吐いた。

「葉菜、自分にもっと自信を持って。もともと中身は可愛かったけど、今は外見も完璧よ。誰の目にもそう映っているし、それこそガブスティル様には、ものすごく、世界で一番可愛く見えているの。……それは信じる？」

他の人からどう思われているのかは実感がないものの、ガブの気持ちはわかる。

陽菜の言葉を聞いた途端に、頬が熱を持つ。それを見て陽菜が嬉しそうに微笑んだ。

「ひとまず、ガブスティル様の気持ちがわかっていさえすればいいわ。私は葉菜を笑って送り出せる」

陽菜は、とてもとても綺麗に笑っているのに、どこか泣きそうな表情に思えた。

理由がわからず、私が口を開こうとしたところで、ドアをノックする音が響く。

「……ちょうどね」

陽菜は、そう言って立ち上がった。

こんな時間に誰だろう。私たちは、すでに寝巻きの姿だ。こんな姿で誰かに会ったことなんてない。

陽菜は、寝巻きの上に上着を羽織った。

「葉菜、お疲れ様」

そして私に上着を手渡してくれながら、陽菜が言う。

だけど、お疲れ様は、陽菜だ。賓客の対応をしていたのは、ほぼすべて陽菜なのだから。

そう言おうと口を開きかけたら、陽菜が手をかざし、私を遮って続ける。

「きっと、葉菜がいたから、私は治癒力を使えと強要されなくて済んだ。葉菜が憎まれ役を演じてくれていたから、私は慈悲深い姫でいられたのよ。いつも葉菜が傍にいてく

「れたことで、私は救われていた」

そんな風に思ってくれていただなんて。

れないかと警戒していたのは確かだけど、基本的には、口下手で愛想もよくないから上

手く応対ができなかっただけだ。

無理矢理陽菜に力を使わせようとする者が現

「陽菜に感謝されるようなこと、私は――」

……まったくしていない。

そう続けようとしたら、陽菜は諦めたように笑って、扉へ視線を向けた。

「私じゃ、葉菜を存分に甘やかしてあげられない」

陽菜が侍女さんに合図をして扉を開けるように促す。

「ガブ?」

開いた扉の先には、いつもの軍服を脱いだラフなシャツ姿のガブが立っていた。

「お呼びと伺いまして」

不服そうなガブが、部屋に入ってきた。

「お呼び?」

私が首を傾げると、陽菜は満足げにうなずいた。

「そう。私が従者に頼んでおいたの。ガブスティル様がもう寝るだけになってくつろぎ

始めたら、急用だと呼び出してと」

「嫌がらせですか」

「まあね。ちょっとばかり、悔しかったの」

くすくす笑いながら、陽菜は私に目を向けた。

「葉菜、甘えてきなさい」

意味がわからずに、ただ陽菜を見上げる私に、陽菜は本心からの笑顔で言う。

——そういえば陽菜は、この世界にきてから、こんな風に感情を露わにすることが増えた気がする。

「もう我慢しなくていいから、なにも考えずに甘えておいでよ」

なにも考えずに。無条件に甘やかしてくれる人の腕の中へ。

ガブの驚いた顔が視界の端に映った。

「ガブスティル様に捕まえられている時だけは、葉菜はいつも落ち着いてる」

——抱きしめられている、じゃなくて、捕まえられてるって言った。クリスマス騎士にも同じことを言われたと思い出し、心の中でツッコミを入れてしまう。

「私じゃ、同じ境遇を慰め合うことしかできない。それに、葉菜は私といると、私が持つ治癒の力と自分が持つ破壊の力を比べて、自分を嫌いになってしまうから」

それから陽菜は、こう続けた。

「葉菜は、私がいくら葉菜のことを『すごい』、『可愛い』と言っても心の底から信じることはできないでしょう。私たち双子は昔から一心同体のような存在で、だからこそお互いに対して複雑な感情も抱いてしまうものだから。姉妹で親友、だけどライバルでもあって……」

――陽菜も、そんな風に思っていたなんて意外だ。コンプレックスを感じていたのは、私だけじゃなかったのか。

「この世界にきてからは、葉菜は授けられた力のこともあって、特に強がってそういう自分を演じているように思えた。いつか葉菜が壊れてしまうんじゃないかって心配してた。でも、ガブスティル様といる時だけは……」

陽菜は私からガブに視線を移し、視線を鋭くする。

「本当は、こんなのが葉菜の相手とか嫌なんだけど！」

少し陽菜の声が低くなって、吐き捨てるような言い方をした。

それに驚く間もなく、私の体は宙に浮く。

「ありがたく、いただきます」

「ちょっと、話が終わっていないんだけど！」

「葉菜、私の部屋に行こう」

抱き上げられて、甘く頬にキスを受けた。

「そのつもりだったからいいけど、ムカつくわ」

陽菜を見ると、眉間に皺を寄せてイライラした顔をしていた。そんな場合じゃないのに、こんな表情をする陽菜を、元の世界ではあまり見なかったと考えてしまう。陽菜はこの世界にきてから本当の感情を表に出せるようになったと思う。

別に、以前の陽菜が無理をしていたと言うつもりはない。陽菜の処世術だし、あれはあれで楽しんでいたように見えたから。私はどちらでもいいけど、陽菜はきっと、今のほうが楽なのではないだろうか。

突然異世界に連れてこられて最初は戸惑ったけれど、今となっては私も陽菜もこれでよかったのかもしれない。

「葉菜。今日は思いっきり甘やかしてもらいなさい」

私の笑顔に応えるように陽菜も笑う。

「うん。おやすみなさい」

「おやすみなさい」

その挨拶が、陽菜の口から出たと同時に、ガブは一礼して、自分の部屋へと私を運ん

でいった。

◆　❈　◆

抱えられたままガブの部屋にきて、ゆっくりとベッドに下ろされた。

その後、いったん離れようとしたガブを捕まえて、胸元に頬ずりする。

ガブが、すぐに壊れてしまう宝物を扱うように私に触れるから。その手が離れてしま

うのがすごく惜しくなった。

抱き付いた私の頭の上に、唇が落ちてくる。

「ずっとこうしててね？」

「ああ」

その返事に、私は満足して笑い、ほうっと息を吐いた。すぐ傍にあるガブのぬくもり

を感じながら、目を閉じる。

「……」

「……」

「ダメ」

「なぜだ」

お尻のほうへ下りてきて、不穏な動きを見せてくる腕を捕まえた。そうして無理矢理もう一度背中に回させる。

「じっとしてて」

ガブを見上げて言うと、見るからにショックを受けた顔をしていた。こんなに『ガーン』という擬態語が似合う表情は見たことがない。

「今日は、ダメ。ずっとこうしてるの」

目を見ながら言うと、ガブは眉間に皺を寄せた。

「こうしてる……というのは、こうやって葉菜を抱きしめているだけか」

「そう」

気に入らなそうにするガブを放って、私はもう一度胸元に顔をうずめる。

「疲れたの」

ほとんどの時間が座っているだけで、あとは少し歩いてお辞儀をしていただけ。だから、『疲れることなどしていない』と言われれば、それまでなんだけど。

「――ああ、そうか」

そんな、納得したような声と共に吐息が落ちてきて、腕の力が強くなった。

「よく、頑張った」

そう言って、背中を撫でてくれるから、なぜだか少しだけ涙が出た。

しばらくそうしていうと、ガブが突然「明日、休みになった」と告げてくる。

「殿下がいきなり休んでもいいと言ってな」

私の頬にキスをしながら、ガブは笑う。

「だから、明日は陽菜様から葉菜を奪いに行こうとしていた」

先に呼びつけられたが、と言いながら、舌を出して私の頬をぺろりと舐めた。

多分、陽菜が王子になにかを言ってくれたのではないかと思う。改めて、陽菜はすご

いなあと思う。

なんて考えている間に、耳を嚙まれて、体が跳ねた。

「ガブっ！」

「なんだ」

私が怒った顔をするのを心底不思議そうに見てガブが首を傾げる。

「抱きしめたまま、できることをしているだけだ」

そう言うなり、性急に唇を重ねられた。

「ん……っ」

鼻に抜ける甘えた痺えた声が自分から漏れた。

「……葉菜」

角度を変えて、深く入ってきた舌が、歯列を優しく辿っていく。首筋にぴりりっと電気のような痺れが走って、体が震えた。

ガブの舌は、私の舌を絡め取っていく。

ちゅ……くちゅ、ちゅ。

舌が絡まり合う水音だけが部屋に響いている。

深く入り込んできた舌が抜かれて、唇を啄むように、食まれる。

「葉菜」

その合間にささやかれる自分の名前が、愛しくて。

息継ぎの合間に、私もガブの名前を呼んだ。

「ガブ、ガブ……！」

「ああ、可愛い」

抱きしめる力が強くなる。時折、力を入れすぎたことに気が付いたように緩んでは、また徐々に強くなっていく。

息苦しさに幸せを感じるなんて。

自分がおかしくて笑った。その笑いにつられたよう

に、ガブも微笑む。

私が陽菜とガブにしか笑いかけないというなら、陽菜とガブだってそう。

陽菜は本気の笑顔は、ほとんど見せないし、ガブだって、こんな風に笑うのなんか、数回しか見たことがない。

そう考えた時、以前ガブに、自分以外に笑いかけるなと言われた理由がわかった気がした。

だって、この笑顔を独り占めしたい。ガブがこんなに甘く微笑む姿を誰にも見せたくない。私だけ、私にだけその表情を見せてほしいと思った。

体の奥から、愛しい想いが溢れ出してくる。

ガブの首に腕を回してキスをねだる。もっと、もっと。体が溶けてしまうまでキスをして。

くちゅくちゅとキスをする水音と、私の息遣いだけが部屋に響く。

抱きしめられてキスをしているだけなのに、体中がじんじんと痺れて熱くなっていく。

唇が離れた少しの隙間に、透明な架橋ができた。ガブの分厚い舌がそれを舐め取って、また私に吸い付いてくる。

「は……あんっ、ん」

こらえきれない喘ぎ声が、私の口から漏れた。熱い体を、無意識にガブにこすり付けていた。

——そうしたら、くるんと仰向けにされて、すぽんと寝巻きを脱がされる。

「ええっ⁉」

どうやら、ボタンも紐もいつの間にかすべて取られていたらしい。

ガブの腕に抱き込まれて気が付いていなかった。

「これ以上の我慢など無理だろう。葉菜が煽ったんだ」

間近で目を覗き込まれながら、髪を一房ガブにすくわれる。そうしてそこにキスされた。

欲情に濡れたガブの瞳に絡め取られて、私は抵抗もできない。

寝巻きの下に身に付けていたキャミソールっぽい下着とショーツだけになってしまった私を見下ろして、満足げにガブは笑う。

「この下着はいい買い物だった」

——お前か！

瞬間的に思った。

今日、入浴のあとに侍女さんたちが持ってきたこの新しい下着は、今までになく可愛らしいものだった。

肩先から裾はシンプルな無地で、裾にだけ小花のようなレースがあしらわれている。

全体的に透け感があり、さらさらと柔らかい手触りで着心地がとてもいい。ちょっと色っぽいけれど、寝巻きの下に着るだけだし、誰にも見せないから……そう思って着たのだ。

これは、ガブが選んだものだったのか。そして、今日ガブに見せるために着せられたのか。

ということは、侍女さんたちは今日、私とガブがなにをする予定か知っていたわけで……

それを理解して、顔が熱を持った。

両手で胸元を隠しながら、私は叫ぶ。

「侍女さんたちに、なにを言ったのっ?」

ガブは胸元を隠す私の腕を取って、手のひらにキスを落とした。隠すなということだろうが、こんな裸よりも恥ずかしい下着なんて堂々と見せられるわけがない。

「このプレゼントを贈りたいと言って渡しただけだ」

そうしたら、侍女さんたちが気を利かせてくれたと。──なんて恥ずかしい真似を!

「葉菜?」

「ん、むっ」

なにか反論しようとしたところで、口を塞がれた。

ぐいっと口をこじ開けて、ガブの太い舌が侵入してくる。驚いて引っ込めてしまっていた舌を、ガブの舌が絡め取って、引っ張り出す。それから、じゅっと、水音を立てて舌を吸われた。

「葉菜、私はずっとイライラしていたんだ。そろそろ、私のことだけを考えろ」

少しキスをされただけなのに、すでに息が上がってしまった私の頭を撫でながら、ガブが言う。

「ん……イライラ……？」

「葉菜の周りに、葉菜を口説くつもりのイケメンが溢れていて、いい気分なわけがないだろう？」

うんざりしたように吐き捨てるガブに、慌てて首を横に振った。

「私を口説いてたんじゃなくて、陽菜をでしょ」

「両方だ。しかも、葉菜は南の国大使には愛想がよかったしな？」

だからそれはっ！　と叫び声を上げようと開けた口から、別の音が漏れる。

「ん……、いたっ」

ガブが、話は終わりだと言わんばかりに、下着の上から胸の頂に噛みついたのだ。

突然の刺激に、私は体をびくりと揺らす。言うほど痛くはなかったけれど、反射的に

声が出てしまった。

それを聞いて、ガブがごめんと言うように、噛んだ場所を舐める。

「ふっ……ん……っ」

それはそれで官能を刺激されてしまい、体が震える。

ガブが丹念に舐めていくから、元々薄く透けていた布は、濡れてぴったりと私の胸に張り付いてしまった。

布の上に胸の突起がぷっくりと浮かび上がっていて、すごく卑猥だった。

反対の先端は、ガブの大きな手に揉みしだかれている。

「こんなに硬くして……可愛いな」

布をピンと押し上げながら主張する胸の中心部を舌先でころころと転がしながら、ガブはうっとりと私を見つめる。

その視線がたまらなく恥ずかしくて、私はガブの頭を両手で押し返してしまった。

「も、ガブ、それダメっ」

「ダメじゃない」

ガブは私の抵抗など気にせず、胸の突起を指で挟んでくにくにといたぶり始める。

「私の贈った下着をつけて、私の下でいやらしく喘ぐ姿は、なんて可愛いんだ」

「見ちゃダメっ」

無理矢理胸の前で交差させようとした腕は、ひょいと掴まれて、シーツの上に縫い留められる。

「もっ……！　ガブ、離してっ」

抵抗して動くたびに、ふるふる揺れる胸を、ガブは嬉しそうに目を細めて見ている。

「こんな綺麗なものを隠す理由がわからない」

「恥ずかしいからに決まっているでしょ！」

顔を熱くして私が叫ぶと、「綺麗だから恥ずかしくない」と言い返してくる。その言い合いの無限ループだ。

しかも──ガブに見つめられていただけなのに、下半身がじんわり熱くなってきてしまっている。私はそれが恥ずかしくて、首を振ってガブから逃れようとした。

直接触られたわけでもないのに反応してしまった、自分の体の淫らさがいたたまれない。

──きっと、見られたら気付かれてしまう。

ガブから贈られた下着は、とても薄い生地。だから、きっと私の愛液はその薄いレースを濡らして、すべて丸見えな状態になっているに違いない。

恥ずかしがりながら抵抗する私に、突然、ガブは悲しそうな顔をした。

思ってもみなかった表情だったので、私は抵抗の手を止めた。するとガブは——

「他の人間ばかりに意識を向けずに、私も甘やかしてくれ」

と、なんだかとても可愛いことを言った。

こんなガブの姿は見たことがなくて、戸惑うばかりだ。

どうしていいかわからないなりに、おずおずと腕を伸ばしてガブの頭を撫でてみた。

それにガブは笑みをこぼして私の首筋に顔をうずめ、頬ずりをしてくる。こんな大き

な男性が甘えてくることが、くすぐったい。

私が笑い声を漏らすと、ガブは私の首筋を音を立てながら強く吸い上げた。

「葉菜が、どこかに行ってしまいそうな気がして不安だった」

ガブが不安に思っていただなんて、考えもしなかった。

「葉菜が私のものだという実感がほしい」

ガブはそう言いながら、私にぎゅうっとしがみ付いてきた。

「うん」

どうすればいいか、ガブに聞こうとして、でもやめた。

——受け身ばかりじゃ、いけない。

恥ずかしがって、ガブから与えられるばかりだったから、私はガブを不安にさせてしまった。

今までは、ガブに望まれることをするのみだったのだ。ガブに聞いて、それを実行するだけでは、彼の不安は完全には取り除けないだろう。

だったら、自分で考えなければならない。私の少ない知識でできることと言えば——

私は、そっとガブの下半身に手を伸ばした。ズボンの上からそこに触れると、わずかに硬くなっていた。

知識もあまりないし、実践したことはもちろんないけど、なんとかできそうな気がしないでもない。

私がそれに触れた途端、ガブの体がびくりと震えた。

手の下の屹立が、あっという間に熱を持って大きくなる。

「葉菜……っ」

驚いた声を出すガブから制止の言葉を聞きたくなくて、私は自分の口でガブの口を塞ぐ。いつもガブがしてくれるみたいに舌を伸ばして、ガブの上顎を舐めた。

私が伸ばした舌は、甘噛みされてきゅうっと吸われた。

「ふっ……あっ」

私からキスを仕掛けたはずだったのに、すぐにガブの舌に翻弄されて声が出てしまう。

「もうっ、私がするんだから、おとなしくしててっ！」

このままじゃ、いつも通りの流れになってしまうと、私は起き上がってガブを押さえつける。

そうしてガブの屹立にもう一度手を伸ばして、ズボンの上から上下にこすってみる。

「んっ……」

眉根を寄せて切ない顔をするガブに胸を高鳴らせながら、ベルトに手をかけた。ボタンをいくつか外して、すでに大きくなっているガブをゆっくりと取り出す。

これまでの行為の時に、少しなら触ったことはあったけれど、こんなに間近で見るのは初めてだ。想像していたものよりも、グロテスクではないことに安心する。できそうだと思う。

とりあえず、直に両手で握ってみた。

また、びくびくと動いて、心なしか、さらに大きくなった気がする。……どこまで大きくなるんだろう。

そんなことを考えながらガブの足の間に座り、時々動く屹立を、ぱくんと咥えた。

「――葉菜っ!?」

ガブの悲鳴のような声に、私は視線だけガブに向けて首を傾げる。ガブのものを口に含んでいるので、しゃべることはできない。

ガブが顔を少し赤くして「い、いきなり咥えるのか……!?」とつぶやいているが、順番があるのだろうか。そこら辺は、初心者で知識もない者なので、不作法でも諦めてほしい。

私が知っている知識によれば、これから顔を上下に動かすはずだけど、口の中がいっぱいで唾液が垂れていってしまってできそうにない。

「んっ……んぅ……はあっ」

口に含んだままでは苦しくて、大きく息を吐きながら離してしまった。申し訳ないが舐めるだけで我慢してもらおう。

舌を精いっぱい伸ばして、私がこぼしてしまった唾液を舐め取った。ぴちゃぴちゃと猫がミルクを飲んでいる時のような音がする。

「ああ……葉菜」

ガブが、指で私の頬を撫でながら低いささやきと熱い吐息を漏らす。

屹立のてっぺんに、透明な汁がぷっくりと浮かんでいた。それを舐めるけれど、次から次へと湧いてくる。これは、女性から出る潤滑油のようなものだろうか。男性も

気持ちがいいと出てくるもの？

もう一度、先端だけを咥えて、ちゅうっと吸ってみた。

「くっ……」

ガブから呻くような声が聞こえた。ガブを見ると、切なそうな熱い瞳で私を見ていた。

――感じてくれている。

そう思ったら、ずくんと体の奥が反応した。もっと、もっと見たい。その表情を。

震える彼が嬉しくて、舌を伸ばして夢中で舐めた。

「葉菜、もう終わりだ」

でも、ガブだっていつも私の言うことを聞かないのだから、私も聞かない。

「――っ、葉菜っ！」

息を呑んだような音がして、ガブの手が私の胸に伸びてきた。

「ああんっ」

すでに硬く尖ってしまっている先端がガブの手のひらに包まれた刺激に驚いていると、すぐにつままれて、くるくるとこねられた。気持ちがよくてどうしようもない。

それから片腕だけで抱き上げられて、ぽふんとベッドに寝かされる。

「今度は私の番だ」

その言葉通りに、ガブが荒い息を吐きながら私に覆いかぶさってきた。

唇に軽くキスをしてから、頬、そして首筋を舐め、どんどんキスを下にしていく。……

その先を、期待してしまった。

さっきガブのものに触れているうちに準備の整ってしまった私の体は、じくじくと刺激を待ち望んでしまう。

なのにガブはふたたび上に戻っていき、胸の谷間にちゅっとキスを落とすだけ。

しかも片方の胸はいじってくれるのに、反対のほうは触ってくれない。

――その口に、含んでほしい。

浮かんだ想いが、あまりに恥ずかしくて、両手で顔を覆った。

「葉菜？ どうした？」

ガブは手を止めて私を覗き込んでくる。

――もっとしてほしいのに、してくれないから。

そんなことを思って、無意識に自分の胸をガブに押し付けようとしている自分に気が付いた。

「私、淫乱かもしれない」

口にしてしまってから、血の気が引く。ガブの驚いた顔が痛い。

そんなことを言い出すなんて、もっとしてほしいと暴露したようなものだ。

「ちがっ……」

恥ずかしさに涙が出てきて、必死で否定しようとする。だけど、その言葉は、嬉しそうに笑うガブに遮られた。

「淫乱でもいいさ。私は嬉しい。私に触れてほしいと思っているってことだろう?」

からかいの気持ちなんて、まったくなさそうな柔らかな笑みでガブは言う。

「ガブ……」

名を呼べば、愛おしげに目を細めて私を見つめてくれる人。

手を伸ばせば、触りやすいように、顔を下げてくれる。

ガブの首に腕を回してぎゅっとしがみ付いた。

「大好き」

そんな言葉が、自然と口からこぼれた。

「私もだよ」

耳元で低い声がささやく。ふわふわと幸せな気持ちで体が舞い上がってしまいそうだった。

「……で? どうしてほしい?」

きゅっと胸の頂をつまんで、意地悪く言われる。

「ふ、んんうっ……！」

手の甲を口に当てて、必死で声を押し殺すけれど、あまり効果はない。

快感がどんどん加速していっているような気がする。

胸を触られるだけで、耳に触れられるだけで、腰を撫でられるだけで、見つめられるだけで、どんどん体が高まっていく。きっと、このまま感じ続けていたら、私はぐしゅぐしゅに溶けてしまうんじゃないかと思った。

彼からされることのすべてが気持ちよくて、たまらない。

胸の頂が、ガブによって弾かれるたびに、体がバネのようになって跳ねる。

「葉菜、強情張らずに、してほしいことを言ってみろ」

絶対無理！　そう思ってみるけれど――これ以上の我慢も無理っぽい。

ガブは、胸を片方いじる以上の快感を与えてくれない。首筋にキスをしたり、いたずらに耳を嚙んだりするだけ。

「だって、だって……！　恥ずかしいぃ」

もっとしてほしいけれど、そんなこと、口に出して言えない。涙目になった私を楽しそうに眺めながらも、ガブは目を細める。

「ああ、葉菜……。なんて綺麗なんだ。このままずっと眺めていたい」

その言葉通りに、ガブは体を少し起こして、胸の先っぽだけを触る。私はもどかしい快感にただただ耐えていた。

このままずっとって……ずっと!? このもどかしい状態で!? 考えただけで背筋に震えが走る。

「ずっとって……見ているだけじゃ、いやぁ」

首を横に振る私に、ガブは嬉しそうに舌をぺろりと舐めた。

「じゃあ、なにをしてほしいか言ってごらん?」

意地悪な言葉と共に、こねていた先端をピンと弾かれた。

「ふぁんっ」

急な強い刺激に、私は背をそらして悦んでしまう。いつもなら、そこでガブは先端を咥えてくれるのに、私を眺めながらニコニコしているだけ。

「なにをしてほしい?」

ガブは繰り返した。しかも、目を細めながら眺めるばかりで、触れてもくれなくなってしまった。私はあちこち疼いて、もうどうしようもない。

「意地悪っ」

涙が滲んだ目で睨むと、ガブは楽しそうに笑ってから、ぐいと私の膝を持ち上げて割り開いた。

「やっ……! 見ちゃダメ!」

慌てて足に力を入れても、ガブの力にかなうはずもなく、潤んでしまった場所が彼の目に晒されることとなる。

「ああ、もうこんなにしているのか」

ガブの言葉に、びくりと震えた。本当に、私って淫乱なのかもしれない。こんな風になる自分が嫌で、気分が沈みそうになっているところで、うっとりとガブがつぶやく。

「全身をピンク色に染めて……穢れのない乙女のようなのに、どうしてこんなに艶めかしいんだろうな」

そう言って、ガブが人差し指を私の割れ目へそうっと沿わせてきた。

「あっ……あぁぁんっ、んっ、んん——」

ようやく与えられた快感に、すぐにでも真っ白な世界に飛んでいけそうだと思った。くいっとショーツを大きく引っ張られると、布地が襞に食い込んでくる。その感触に、私の口から絶えず喘ぎ声が漏れた。

「がぶ、がぶっ、それ、しちゃ……おかしくなっちゃっ……!」

「——本当はなにをしてほしいか口で言わせたかったが、私のほうが我慢できそうにない」

快感に身をよじる私を見ながら、ガブがつぶやいた。

ぐいと片足を持ち上げられて、ガブの肩に担がれてしまった。突然の暴挙に、声も出せずにいると、ガブはニヤリと笑う。

それからガブの太い指が、レース越しに、少しだけ私の中に入り込んでくる。指を動かすたびに、くちくちと水音がした。

だけど、そんな刺激だけでは足りなくて、腰をくねらせて布をどけ、ガブの指を呑み込もうとした。

くぷっと蜜が溢れ出し、また下着を濡らす。ガブはそこを見ながら小さく舌を出して自分の唇を舐める。

その色香に見惚れながら、私は熱い吐息をこぼした。

私は無意識のうちにお尻を浮き上がらせ、もっとガブからの刺激を得ようとした。私の頭は、もう破裂してしまいそうだ。

「も、焦らしちゃいやぁ」

邪魔な下着を自らの手で横に避けて、それからガブの手を取り自分で中に押し込んだ。

「ふっ……んっ」

ガブの腕に体をこすり付けるようにして、気持ちいい場所を探してしまう。

「葉菜の、私に触れてほしいという言葉がほしかったんだが……これもいいな」

そう言いながら、ぐいっと指を増やして奥まで突き進んできた。その指は好き勝手に私の中で暴れて、時折、いたずらのように内側をひっかく。それと同時に彼の親指に花芯を押しつぶされ、私は一気に高みまで上っていき——

「ふあっああああんっ」

両足をピンと伸ばして快感の波に呑まれた。

しばらくすると、私の中からガブの指がゆっくりと抜けていったのがわかった。達したばかりでぼんやりしながらガブを見守っていると、ガブの手はするりとお尻のほうへ移動して、ショーツを取り去ってしまう。

「ひゃああっ？　ガブ、なにするの！」

あっという間に足からショーツを引き抜いてしまうガブに文句を言うと、ガブはじろりと私を見下ろして言った。

「下着をつけていたら、葉菜が見えないじゃないか」

私がおかしなことを言ったのかと錯覚させるほど、堂々としているので思わず動きを

止めるけれど、そんなわけがない！

突然ガブは私の両足を自分の肩に担ぎ上げてしまう。

ショーツを取られてしまったから、ぐしょぐしょのあそこは丸見え。しかも上も、硬く尖った乳首が薄い布で強調されている。

「無理無理！　これは無理ぃ！」

怒る私のことなど気にせずに、ガブは私の両足を大きく広げてゆっくりと全身を眺めた。

「やあぁぁんっ。ばかっ」

力の入らない手で、私の足を抱える彼の腕をぺしぺしと叩くけれど、まったく効果はなかった。

「馬鹿とはひどいな」

ガブは足を抱えたまま、私を見つめてうっとりとつぶやく。

「葉菜のここが、真っ赤な口をぱくぱくさせている」

「やっ……！　そんなに見ないで！」

ガブは私の足の間に顔を突っ込んで、じっくりとそこを観察しているのだ。

「私をほしがっているんだろう？　……なんて可愛いんだ」

そして、ガブは襞に沿って舌を滑らせる。達したばかりの敏感な体が、びくんと震えた。

ガブの舌が襞をかき分け、花芯へと辿り着く。痛いほどにぷっくりと膨れた花芯が、吸ってほしいと主張していた。

「あっ、ああっ……！　もう、だめぇ！」

「ダメじゃないだろう？　もっとして、だろ？」

ガブの意地悪な言葉に、きゅんとしてしまった。ガブの色っぽい表情に、溺れそうになる。

私の秘所に顔をうずめたガブが、太い舌で蕾をくるんと舐め上げた。だけど、イケないような絶妙な位置にずらされている気がする。

首筋にざわざわする感覚だけが高まっていっているのに、ガブは私を高めるだけで、イキそうになると、ふっと指と舌を離してしまうのだ。

「どうしてぇ？」

もどかしさに体をくねらせる私の内股にキスをして、何度もキスを繰り返す。秘所の一番いい場所には触ってくれない。首を振って快感を逃がそうとするけれど、直接舐められるとこらえられない。

「私は両手が塞がっているんだ。ほしいなら、自分でやってみろよ」

私はついに我慢できなくなり、自分の秘所に指を伸ばしてしまった。ぬち……と濡れた音が響く。恥ずかしいけれど、ぬるぬると柔らかくて、熱くて、夢中で触ってしまったところで、ガブに手を捕まえられる。

「葉菜、そこまでだ。葉菜に触れていいのは私だけだ」

自分でしろって言ったくせに、どうやらガブは私の指にさえも嫉妬しているらしい。

「んんっ……いやぁ」

あとちょっとでイケそうだったのに。体をくねらせて、ガブを恨みがましく見上げた。嫉妬するくらいなら、触ってくれたらいいのに。そう思ったら、体が先に動いてしまった。掴まれていない手をガブに伸ばす。

「もっと、気持ちよくして……舐めて?」

満足げに笑うガブと目が合った途端、少しだけ理性が戻ってきた。

「あ……っ! ち、ちが……んんんうっ」

言葉を取り消そうとした私に、待ち望んでいた快感が与えられる。噛み付くように蕾を嬲られて、腰が浮いた。同時に胸にも手が伸びてきて、優しくこね回される。

優しくしてもらいながら、激しく噛み付かれるのが気持ちいいなんて、私って変態。

そんなことが頭を掠めた。

「嬉しい。可愛いよ。もっとしてほしいことを教えて」

自己嫌悪に陥る前に、ガブが満面の笑みで言う。

だから、私は理性を取り戻すのをやめた。

あとから、どんなに恥ずかしさに悶えることになっても、今、ガブに触れられたい。

「ん、ん……！　もっと。もっと触って」

ガブのシャツを引っ張った。素肌を触りたい。服を脱いでほしくて「服」と言うと、

それだけでわかってくれたらしい。

「ああ……服、邪魔だな。この下着も、今は……」

そう言って、あっという間に自分の服も私の下着もはぎ取った。

ガブは、鍛え上げられていてムキムキだ。

自分の裸を見られるのは恥ずかしいけれど、ガブの体が見たくて部屋を暗くしてはもらわなかった。首から肩にかけてのラインや、鎖骨に腰に……全部綺麗で、見惚れてしまった。

私が恥ずかしそうにしながらも、「暗くして」と言わない意味に気が付いているのか、ガブは意地悪く笑った。

その笑い方にムッとして、自分の下着を脱ぐために体を起こしていたガブに飛び付

いた。

「お……っと」

　私が飛び付いたくらいではびくともしないガブの背中に手を回して力いっぱい抱き付
いた。

　見た目はごつごつしているのに触れてみるとしっとりしていて、硬いけれど温かくて。
まったく隔てるものがない状態で抱き合うのは、すごく気持ちがいい。

　ガブの胸元に頬ずりしていると、ガブが私の背中に手を添えてベッドに倒そうとした
から、ぐっと力を込めて押し返した。

「もうちょっと」

　まだこの気持ちよさを堪能したい。そう思って言うと、ガブは情けない顔になる。

「……葉菜、この状態でそれを言うのか」

　ぐっと腰を押し付けられて、私の襞にガブの太いものが挟み込まれた。
胡坐をかいたガブの上に、私が跨っている状態だから、少し動くだけでにちょにちょ
と、いやらしい音がする。

「だったら、この体勢のままでもいい」

　ぐちゅっ。卑猥な音を立てて、ガブの指が私の中に入ってきた。

「あ、あ……だめ。だめぇ」

ガブに見惚れてばかりいた頭が、突然快感に塗りつぶされる。

それと同時に別の指が、一番敏感な蕾をいじる。初めて触れられた時はぴりっとした痛みを感じたけれど、もうぬるぬるで、悦びしか感じない。

ガブの唇が、胸の硬くなった先端を捕まえた。舌で転がすようにぴちゃぴちゃと音を立てながら舐められる。

「ああっ……! あっ、あっ……」

上も下も同時に刺激され、私は震える。口から出る言葉が、意味のない喘ぎ声だけになってしまう。

「気持ちいい?」

「ンっ……うん、うん……!」

快感に染まってしまった頭で、私はただうなずいて、ガブの頭を抱きしめた。

こうして抱き付いていると、ガブの顔が近くにあって、キスがしやすい。目の前にあった首筋にキスをして、ぺろりと舐めてみた。

キスマークってどうやってつけるのかなぁ? と考えながら、ちゅちゅっとキスを繰り返してから、私もガブになにかしようと手を伸ばそうとすると――

「葉菜はいいから。もう感じていろ」

と、低い声で止められる。

ガブの顔を覗き込むと、ふいっと視線を逸らされた。

そういえば、ガブは私のことをずっと触って眺めているだけで、あまり入れたそうにはしていない。

……もしかして、ガブ、あんまり気持ちよくないのだろうか。

私は耐え切れないほど感じているのに、性急に求めたくなるほどはよくなかったのだろうか。自分とガブの温度差を感じて、少し悲しくなってしまった。

「葉菜、どうした」

ガブは眉間に皺を寄せて、私の顔を覗き込んでくる。こういう時ガブは、私の心境の変化によく気が付くと思う。

「ん、別になんでも……んあっ⁉」

誤魔化そうとした途端、ぎゅっと花芽をつぶされて体が震えた。

「正直に言え。こんな最中に、そんな顔をする葉菜を見逃せるわけないだろう」

私ばかりが快感を追いかけて、一人で気持ちよくなっていたのかもしれないと思ったら、いたたまれなさすぎる。

私が黙っていると、ガブは動くのを止めてしまった。

私の言葉を促すためなのだろうけれど、正直、焦れる。一人でよくなってしまうのは

嫌だけど、ガブに触れてもらえなくなると、体が疼き始める。

もう体の中の熱がくすぶって、今にも爆発しそうなのだ。

「ガブは……」

声がすごく掠れていることに気が付く。喘ぎすぎたせいで嗄れてしまったみたい。一

度唾を呑み込んで喉を潤した。

「ガブは……えと、その……」

「うん」

言葉に詰まる私を、根気強くガブは待つ。

見上げると、じっとしているガブがいて、焦れている様子も見えない。

——私は、こんなにむずむずしているのに。

悔しい気持ちがむくむくと湧き上がってきて、イライラする気持ちごと言葉に出した。

「ガブは、私に触られても気持ちよくないのっ!?」

「——はっ?」

目を見開くガブを見ながら、さらに早口で続けた。

「私がお願いして触ってもらっても、ガブ、辛そうにしてるもの！　私が触ったりするよりも、眺めてるだけのほうが気持ちいいの？　だったら──」

しゃべっている最中に、ぐりっと腰を押し付けられた。

「ひっ……んっ」

それからさらに差し込む指を何本か増やされてしまい、私の喉から泣くような声が漏れた。

「そん……な、わけ、ないだろう⁉」

絞り出すみたいな声でガブが言う。

「もう少し濡らしてから入れようと、こっちが必死で我慢してたのに……！」

ガブは、ふんと鼻を鳴らす。

「それはそれとして、私は葉菜をじっくりゆっくりと眺め回すのも好きだがな」

「な……なに、それぇ」

ガブは、眉間に皺を寄せたまま、なぜ私がそんなことを不安に思うのかわからないと続けた。

「気持ちがいいに決まっているだろう。もう、今すぐ葉菜をめちゃくちゃにしてしまいたい衝動と戦っているんだから、余裕なんてない」

じろりと私を睨んで「こっちの気も知らずにあちこち触ってくるし」とため息を吐かれた。

ガブの耳が赤い。

その赤さが愛おしくて、ガブの耳に唇を寄せた。

「こらっ！ 今、言ったのにっ……！」

聞いたことがないガブの上ずった声に、私は笑みを深める。返事の代わりに赤く染まった耳を噛んで、舌を這わせた。

いつもガブがしているように手も動かそうとすると、その手は捕まえられてしまう。

「この、いたずらっこめ」

私の舌は、ガブの口の中に吸い込まれて、甘く吸い上げられてしまう。ぐちゃぐちゃという音が響き渡る。

そして、私の中の指も動きを再開させた。

「ひゃ……んっ。ガブ、あっ……んぅ」

喘ぐ私の口をガブが塞ぎ続けるので、苦しさに涙が滲む。

突然行為が激しくなったのは、多分ガブの照れ隠しだろう。そう想像してしまうと、心の中がほんわかとあったかくなる。

同時に、もどかしさも再燃した。

——ほしい。

体の奥がじくじくと熱くてたまらない。私はガブの顔を両手で挟んで聞いた。

「入れていい？」

ガブの喉がゴクリと音を立てた。

「もっと、奥。奥がいいの」

指だけじゃ足りないの。ガブがほしい。

硬くそり返り、私のお腹についているガブをぎゅっと握って、腰を上げた。

ガブの切っ先を握って、中へと誘導しようとしたら——ガブは頭痛がするとでも言いたげに頭を押さえた。

「どこでそんな言葉を覚えてきた」

またため息を吐くガブの頬にキスをして、私は微笑む。主導権を握れたみたいでわくわくしていた。

切っ先を自分で膣口にあてがっただけで、期待感で胸が押しつぶされそうだ。

ゆっくりと腰を下ろすと、じゅぶっと音がしてじわじわと快感が体中に広がっていく。

「う、うう……んっ！」

快感を伴う圧迫感に思わず声が漏れると、ガブからも悩ましげな吐息が落ちてきた。

途中まで腰を下ろして、一度大きく息を吐き出した。

息が苦しくて、私はガブにぴったりとくっつく。じっとしていても、ガブを締め付ける。

このままじゃ、私だけ気持ちよくなって先に達してしまいそうだ。

「葉菜、まだだ」

不満そうな声が聞こえたかと思うと、ぐっと腰を押さえ付けられて、一気に奥まで貫かれた。

「ひあっ……！」

一瞬、息が止まって、体がびくんと震えた。

「も……うっ！　私がしてたのに！」

私の言葉に、ガブが片眉を上げて「へえ？」とでも言いそうな表情を見せた。さっきまで、あんなに可愛い顔してたくせに！

私は足に力を入れて、上下に動いてみる。太いものが途中まで抜けたところで、また腰を下ろしてぐっと奥まで入れると、思わずぴくんと震える。何度も繰り返してやると、気持ちがいいけれど……ちょっと疲れた。

大体、ガブの体が大きいのが悪いのだ。ガブを跨ぐには足を大きく開かないといけな

いし、その状態で足に力を入れるのは、結構力がいる。

少し休憩しようと、ガブの首に腕を回して体を預けると、ガブの両腕が私の腰に回された。

「そろそろ、いいか？」

ガブがつぶやくように言ったかと思うと、ぐんっと大きく突かれた。

「きゃあああっ」

さっきまでは届かなかったほど奥に突き込まれ、私は悲鳴のような声を上げた。

それからガブは私の膝の下に腕を入れて足を持ち上げ、ぎゅっと私を引き寄せる。私の足は宙をかく。

ぐるりと内壁をこすり上げながらギリギリまで引き抜かれ、それから一気に最奥まで貫いた。中から溢れ出した愛液のおかげで滑りがよくなっていて、するんと出し入れされてしまう。

「あっ……あっ、あっ……」

力の入らなくなった腕で、必死でガブの首にしがみ付く。

そして、休む間なくがつがつと抽挿が繰り返される。次第に大きくなる水音に、私はどれだけ愛液をこぼしたのかと考えた。

そんなことを恥ずかしがる余裕もないほど、ガブは最奥を抉り、さらに私の愛液をかき出していく。

「ひゃ……ああんっ。ん、そんなにはげしくしちゃっ……………ふぁんっ」

のけぞらせた背を、ガブの大きな手が支える。

「どれだけ我慢させられたと思ってるっ……！」

見えない波に呑まれそうな感覚に、怖くて手を伸ばした。彼の大きな手に、しっかりと握り返される。

——こういう時、ガブはなにがあっても傍にいてくれるのだと、無条件に信じられる。

満たされた心地で、涙が浮かんでしまった瞳でガブを見つめる。霞んだ視界には、私を見て愛おしいと目を細めてくれるガブが映った。

そのことに、この上ない幸せを感じて、私は微笑んだ。

「くっ……！　葉菜っ」

低く私の名前を呼ぶ声が、吐息と一緒に耳に入ってくる。ガブの荒くなった息が頬や首筋にかかって、ぞくぞくする。

「がぶ、ガブっ……キスしてっ」

ガブは少し笑って、私を抱きしめてキスをする。それと同時に、さらに腰をぐりっと

ねじ込まれて——

「ひゃぁああぁんっ」

一気に頭が真っ白に弾けた。

私がぐったりしているうちに、ガブは私を抱きしめたままうしろに倒れて、大きく息を吐いていた。自然と、ガブの胸の上に寝そべる体勢になる。

ガブの胸に耳を当てると、どくどくと大きく脈打つ心臓の音が聞こえて心地いい。だけど、私が乗っていると重いかなと思って、体を起こした。

すると、ずるりと中からガブが抜けていく感触がした。

「んっ……」

イッたばかりで敏感になった体が小さく反応して、声を漏らしてしまった。

その声に反応してガブが、ニヤリと笑う。

「いやらしい顔してる」

頬を撫でられて、その心地よさにまた赤面する。

今は顔を隠したくて、もう一度ガブの胸元に顔をうずめた。

「イッた途端、また縋り付いてくるなんて、もっとほしいのか」

ガブのからかう声に、私は顔を上げた。

「ち、ちがっ……‼」

否定の言葉は、またガブの口に封じられる。

それから、ぐるんとガブが寝返りを打って、私をシーツに縫い留める。

「わかっているよ。ただ、葉菜の顔をもっと見たいから、隠すのはいけない」

いきなりの甘いセリフに、私が口をパクパクさせると、ガブの目が嬉しそうに細まった。

「真っ赤な顔をして……可愛い」

そして、ガブはもう一度私にキスをする。

「も……もおう！」

怒った声は出すけれど、むずがゆいほどの甘さを含んだ視線に、すべてを許してしまう。

くすくすと笑いながら、私はガブの頭を引き寄せて撫でる。

ガブが私の隣に寝転んだので、私は手元のシーツをたぐり寄せた。二人の体にかけようとすると、ガブが不思議そうな顔をする。

「葉菜、寒いか？」

「寒くはないけど……」

裸なので落ち着かない。だからシーツをかけて、ガブにすり寄った。

ガブは、よしよしと頭を撫でてくれる。

「そんなに可愛くねだられると……手加減できなくなるな」

——そして、不穏な言葉を吐いた。

嫌な予感がひしひしとしたので、そうっと、ガブから離れようとすると、腕を掴まれた。

「ひぃぃっ」

本気の悲鳴がこぼれてしまった。

「葉菜？　あれだけのことしておいて、一度で済むと思うな」

あの、一回目は……まあ、その……なんでしたが、二度目をねだった覚えはありません。

今のは、余韻に浸って甘えようとしていただけでっ！

ふるふると首を横に振って拒絶する私に、ガブは軽く啄むようなキスをする。

軽く抱きしめられたかと思ったら、私の肩をガブの手が優しく滑っていく。

それからおでこをこつんと合わせて、ガブは微笑む。

「葉菜、愛してるよ」

「あ……」

突然の言葉に、私は固まる。そして、じわじわと体中が熱くなっていく。きっと、私は今、全身が真っ赤だ。

同じ言葉を返そうと思うけれど、『愛してる』なんて、これまで生きてきて口にしたことがない。緊張して喉が引き攣れたみたいになった。

「わっ……わた、しも、あああぃ……してます」

後半は消え入りそうなほど小さい声になった。しかも目を見て言うことはできなくて、両手で顔を覆ってしまう。

『好き』は言えても、『愛してる』はハードルが高い。

「可愛い。嬉しいよ、葉菜……」

私がシーツをかぶって顔を隠したら、ガブはそれごと抱きしめて頬ずりをした。そうっと顔を出すと、待っていましたとばかりに深いキスが降ってきた。

「んんっ……んぁっ」

「葉菜……」

息継ぎの合間にも、低く掠れた声で名前を呼ばれて、ずくんと心が疼く。抱きしめられる力がどんどん強くなっていって、どちらのものかわからない荒い息遣いと濡れた音だけが響く。

触れられるところだけでなく……触られていないところまで気持ちがいい。

――ダメなのに。また変になっちゃいそうだから、やめてほしいのに。でも、やめな

いでほしいと思ってしまう。

全身の毛が総毛立つような感覚が襲ってきて、今やめられたら泣いてしまうかもしれないと思った。

ガブが体を起こして、彼の熱い切っ先を私の入り口にこすり付ける。ぬちゃぬちゃと、いやらしい音がするのに、すぐには入ってきてくれないのだ。

「葉菜、ほしい？」

私の表情でわかっているくせに、ガブはそんなことを聞いてくる。

さっきだって、散々激しいことを言ったというのに。ガブは私にどんな言葉を言わせたいのだろう。

こういうことに関して、私の語彙は非常に少ないのだけれど、私は無理矢理言葉を紡いだ。

「ガブの……がっ、ほしいの。お願い。入れて。奥でガブを感じたいの」

「ああ──」

ちゅく。小さな水音がして、ほとんど抵抗なしで、秘所はガブを呑み込んでしまう。

「はっ、ああ……あんっ、んんっ」

浅い場所だけをくちゅくちゅくちゅとかき混ぜて、彼はそれ以上奥に進んできてはくれない。

「さあ、次は？」

ガブだって荒い息を吐き、欲情に光る眼で私を見ているのに、すぐにはくれないのだ。

私はもう涙目になりながらガブに手を伸ばした。

「もっと、もっとしてぇ。これじゃ足りないのっ」

もどかしさに、泣くような声が聞こえた。

「——いい子だ」

ガブの苦しそうな声を聞いたと思ったら、圧倒的な質量が、私の中に入ってきた。

「う、あぁ」

過ぎた快感が、私の目から涙をこぼさせる。充分に潤ったそこに、ガブがゆっくりと入り込んでくる。圧迫感で息が止まりそうだった。だけど、同時に快感が襲ってくる。

じゅぷっと音が立つほど、ガブが腰を引いてさらに奥へと打ち付けてきた。

奥に到達すると、ぐりっと腰を回して、さらに奥へとねじ込むようにする。休む間もなく何度も繰り返される行為に、私は泣き声を上げる。

「あ、やあぁ。もうだめぇ」

声が掠れて出なくなるほど喘いでいるのに、気にせずガブは腰を打ち付けてくる。

「ダメじゃないだろう？ ほら、こんなに悦んでいるのに」

見てごらんと、足を大きく開かされて腰をぐいと突き上げられると、ガブを受け入れている場所が見えた。

思わず、目を見開いてしまった。

ガブのものが、入ったり出たりする様を目の当たりにする。深くに誘うようにガブを呑み込み、出て行く時には逃がすまいとしているかのように絡み付く私の媚肉が濡れて光っていた。

「そんな、恥ずかしい……ああ、あっ、あっ！」

恥ずかしいと言いながら、私はその場所から目を離せなかった。

彼と私がつながっているところを見て、どきどきした。その場所はすごく卑猥で、淫靡で、扇情的だった。

「可愛いだろう？　私がほしいと言っているここは」

奥を突かれるたびに、快感に全身が震えて鳥肌が立つ。ようやく与えられた彼に、私の襞は嬉しそうに絡み付いていく。ぎゅうぎゅうに締め付けながら、もっともっとと叫んでいるようだ。

「なんていやらしくて綺麗なんだ」

そんな言葉をうっとりとつぶやくようにかけられて——反応してしまった。

「ふあっ……あぁぁっ!」

葉菜の体は、私の言葉にも反応するのか?」

ガブはふたたび、私の片足だけを高く持ち上げ、肩に担いだ。すると、角度が変わって、当たる場所が変わった。

「あっ……!? いや、だめっ……! そこ、だめっ!」

今までとは違う場所を刺激され、体が跳ね上がってしまう。私の反応を見たガブは、ニヤリと笑う。

「……ここか」

ずんっ……! と音がしそうなほど奥まで突き上げられて、一瞬息が止まる。

過ぎた快感に、すすり泣きのような声を上げ始めた私に、ガブはささやく。

「私以外の男に笑いかけたら、こんなものでは済まないからな」

「しないっ……ガブだけだから。お願いっ……!」

私が涙目で叫ぶ声に、ガブは笑みを深める。

「葉菜──愛してるよ」

片足を持ち上げられたままぐっと奥に突き進まれ、頬にキスをされる。

私は返事をしたいのに、そこを突かれるだけで何度も簡単に達してしまいそうで、上

手に口が開けない。

「んんっ……！　わ……たし、もっ……」

必死で言葉を紡ぐと、ご褒美のようにもう一度キスをくれた。

「ガブスティル……！」

彼の名を、しっかりと呼んだ。

ガブは、ひゅっと大きく息を吸ってから、大きく腰を引いて、一気に私に突き立てた。

——毛穴がすべて全開になったような気がした。

「ひあああああああああぁぁぁっ！」

私は、大きく背をそらして——もう何度目かわからない絶頂に達した。

それからしばらくの間、ぼんやりとしたままガブに優しく抱きしめられ、二人で一緒に布団にくるまっていた。

隣に寝そべるガブを見ながら、思う。

誰よりなにより……きっと、私自身よりも私を大切にしてくれる人。

私もガブをもっと大切にして、大好きだと伝えたかった。

だからさっきから私は、ずっと心の中で練習していた。みんなが呼んでいる名前を、

私もしっかりと呼びたくて。

行為の最中、一度だけ上手く発音できたけど、きちんと目を見て伝えたい。そう思い、すうっと息を吸って、ガブの手を握った。

「がぶ……すている……すき」

──やっぱり、スムーズに言えなかった。近頃は陽菜に、ガブの名前を呼ぶ時限定で、ティの発音まで完璧だと言われたばかりなのに。

快感の名残で舌が上手く回らなかったらしい。

失敗したことが不満で唇を尖らせる私に、ガブは目を細めて問うた。

「葉菜、もう一度?」

「……もうむりぃぃ。つかれたぁ」

一度は挑戦しようとしたけれど、やっぱりダメそうだ。また機会を改めて、ということにしよう。

「葉菜がねだったんだろう?」

これについては、声を大にして主張させていただきたい。ほぼ初心者の私が、そんなことするわけがない。疲れ果てて、立てなくなるまでねだるなんて──そんな覚えはありませんっ!

私は頬を膨らませてガブを見る。すると彼は、ただ黙って私の頬を撫でてくれた。

その手が気持ちよくて、安心できて——全身を心地よい疲労感が襲う。

そうして、いつの間にか意識を手放していた。

　　　◆　❖　◆

ふっと、眠りから覚めて隣を見るとガブがいた。

「葉菜、目が覚めたか？」

そんな声と共に、頬にキスをされる

「え？　寝てた？」

眠った覚えがなくて、目をぱちくりさせた。そんな私の様子を見て、ガブは笑って否定する。

「いや？　ちょっと気をやりすぎたみたいだな」

「気をやる？　表現がいまいちわからなくて首を傾げた。

「イキすぎたってことだ」

「なに言ってんの!」

思わず手が出た。

私の平手は、しっかりとガブの顔面にヒットする。

「っていう話はそれくらいにして、大事な話をしておかないと」

また薬薬に誘われて、そういう行為に雪崩込んでしまうかもしれないから、などと言っ
ているが、私はそんなことしない!

そう考えていると、いつの間にか、ガブはその手に大きな耳飾りを持っていた。

――どくんと、心臓が大きく音を立てる。

この国では、生涯添い遂げたいと想う人が現れたら、耳飾りを贈る習慣があると聞い
たことがある。ということは、もしかして……

「結婚してほしい」

ガブの声は、少し掠れていた。

緊張しているのかと見上げると、深いキスをされた。きっと、誤魔化された。ガブの
表情を見せてはくれなかったけれど、その反応で充分だ。

この世界に来て、初めて目を合わせてくれた人。

私が引き起こすすべてのことを丸ごと受け止めて、私を守ってくれる人。

きっと、どんな世界にも、この腕の中より安心できる場所なんてないと確信している。

今までの人生で、こんな安らぎを感じたことなんてなかった。

そんな人と、これからずっと一緒にいられる――

私の右耳にキスをするガブに、震える声で返事をした。

「はい。嬉しい――」

ガブに私の気持ちもしっかり伝えようと、返事をした途端、耳に軽い痛みが走った。

ピアスの穴を空けていなかったというのに、すごい早業で空けられたことに気が付く。

痛みも少なかったし、血も出ていないようなので、なにかの魔術を使ったのだろうと思う。

耳に飾りが装着されたのだろう、重さを感じた。

その耳飾りは金属だから、冷たいかと思ったけど、ガブの体温で温まっていて、熱いくらいだった。

あんまり早く装着されたことに驚いて目を瞬かせる私を見て、ガブは笑った。

「悪い。もう一瞬も待てなかったんだ」

「もう。ちゃんと返事をしてたのに」

そう言う私も、幸せで頬がにやけた。そして、『婚約者』として、最初のキスをした。

この世界では、プロポーズの時、大きめの耳飾りを贈り合う。そして婚約が成立したら、お互いに耳飾りをつける。この人は自分のものだ、と周囲に知らしめるためにそうするらしい。

「こういう耳飾りは、どこで買えるの?」

軽く首を振って、耳飾りの感触を楽しみながら問うと、「ああ」と気のない返事が聞こえた。どうやらガブは、私に贈ることばかりで、自分がもらうこととは考えていなかったらしい。

「そうだな……今度、一緒に買いに行こう」

飾りのついたほうの耳を舐めながらガブが言う。

「……っ、街?　私も、この敷地から出て行ってもいいの?」

舐められたことに感じて変な声が出そうになり、一呼吸おいてから聞いた。

「私が一緒ならな」

ガブは舌で、私の耳の形を確かめるように辿っていく。

「新居は城から近いとはいえ外にあるし」

「新居っ!?」

当たり前のように言われ、驚く。

「この部屋は、二人で暮らすには狭いだろう？　わたまるも一緒に飼うし」

王城の一室は、単身者の賃貸ルームのようなものだ。まあ、私たち、巫女が暮らす部屋は違うけれど。あそこは別格だとして。

「わたまるがいるから、結界は強めに張らないといけない。そのせいであまり広い場所は無理だが」

わたまるのことまで考えてくれていることが嬉しくて、私はガブにすり寄った。新居のことを詳しく聞きたがる私に、ガブは簡単に説明する。

建物があって、庭があって、木が植わっていると。

「そんなのじゃわからない！」

頬を膨らませる私に笑いながら、耳飾りを買いに行く時に実物を見せてやると言われた。

「うん。楽しみにしてる」

――新居。

ガブと結婚するとなると、陽菜とは一緒に住めなくなるなあと思う。うだろうと思いを馳せて、ふと思った。陽菜はなんて言

「私が結婚を断ったら、どうするつもりだったの？」

家など準備して、ダメだった時、ガブはどうするんだろう。　実際には断ることなどな

いから、必要のない心配だが、ガブがどんな反応するのかが、見たかった。　少しだけ、

意地悪な気持ちで聞いた。

その問いを聞いて、ガブは気に入らなそうに答えた。

「そうしたら、新居が監禁場所に変わるだけだ」

……聞かなきゃよかった。

――甘いだけじゃない、ガブらしい求婚を受け、私は彼の婚約者となったのだった。

エピローグ

翌日の夜。　私はようやく自室に戻った。　――ガブに抱えられて。

恥ずかしいからやめてほしいと言っても……

『ぷるぷるしながら廊下を歩くのと、どっちがいいんだ?』

と、ガブに聞かれ、運んでいただくことにしたのだ。　どっちでも変わらないと思い、

ガブに任せた結果、こうなったのである。

部屋に入った瞬間、陽菜が情けない顔をした。

「なにやってるの」

「私は悪くないの！」

思わず、自己弁護の言葉を叫ぶ。

私を部屋まで連れてきたガブは、そのまま私を抱えて座り、人間椅子になっている。

そうして私は、こうなるに至った経緯を恥ずかしながら陽菜に説明した。昼になってようやく動けるかなあと思っていたら――

をして、私が立てなくなったのだ。

『もっとしてと言っただろう？』などと身に覚えのないことを言われ、ベッドに引きず

り込まれたことも全部。

実の妹に話すことではなかったが、身の潔白をどうしても証明したかった。

「葉菜……あなたの素直さは、眩しくて直視できないわ」

陽菜は呆れ果てている。

「とにかく、私がその二択を突き付けられたら、自力で歩くほうを選ぶわ」

陽菜の言葉に、私は口を尖らせた。

と、いつまでもこんな話をしているわけにはいかない。私は陽菜にしなければならな

い話がある。私は両手を握りしめた。

「陽菜！ 私、結婚しようと思うの！」

「ああ、うん」

優雅に紅茶を飲みながら返事をされた。知ってるわよ、という態度に首を傾げる。

「あれ?」

「気が付かないわけないでしょ」

陽菜は、戻ってきた私を見た瞬間に、耳飾りに気が付いていたらしい。

耳飾り……ああ。そうだった。もらってからあとの記憶のほうが濃くて……ごほごほ。

「それに、耳飾りはもう馴染んでしまっていて、意識していなかった。

「私のものだ」

私の耳についている飾りを触りながらうっとりとつぶやく椅子は、もう少しおとなしくできないのだろうか。なんとなく、少しやさぐれた気分で、陽菜に続きを言った。

「だから、私は結婚したら、ここを出ることになるの」

「そうね」

陽菜は、頬杖をついてため息を吐いた。

「葉菜が幸せになるのならいい」

少しだけ寂しそうにしながらも笑ってくれる。

だから、私も笑う。

「……と、思っていたけれど、その男は嫌いなのよ。他にいないのっ!?」

いきなり叫んだ陽菜に、私は遠い目をする。

いませんよ。椅子を刺激しないでください。

なぜか彼の腕の締め付けがきつくなったような気がするよ。ちょ、痛い。

「でも、そうすると陽菜、ここに一人になっちゃうから」

私と一緒に来ない？　なんて、言えるはずもなく。

守ると誓った身でありながら、陽菜の相手も見つけないままに、先に出ていくだなん

て。私はなんて自分勝手なんだろう。

自己嫌悪に陥る私を見て、陽菜はなにかに気が付いたように顔を上げる。

「ああ、大丈夫。私は王妃になろうと思うの」

——へえ、そうなの。

なんて、普通に返しそうになって、固まった。

……なんですと？

「いやあ、いろいろ考えてはいたんだけどね。それがいいかなって」

ふふっと陽菜は笑う。いつも通りに。

私はと言えば、目玉が飛び出そうだ。いつ？　いつそんなことになったっ⁉

「王妃って……陽菜はかなり年上の男性が好みなの？」

葉菜は、発想が普通とは違うわよね」

呆れた顔で、「第一、現国王には王妃様がいるし、もしそうなら私、どんだけ悪女よ」

と頭を抱えられた。

まあ、それはそうだ。　陽菜がその立場になるならば、王妃を弑し奉るか、追放するかだ。

「まずは、王太子妃、ってこと」

陽菜は、にやりと笑って私を見た。

もちろん陽菜は、権力を狙っているわけじゃない。　陽菜がそんな面倒くさいものをほ

しがるわけがない。

それはわかるけれど、どちらにしても、開いた口が塞がらない。

いつの間に……だ。この間まで、王子を嫌がっていたじゃないか。

「なにが……どうしてどうなった？」

呆然としたまままつぶやいても、陽菜は可愛らしく首を傾げる。

「なんともなってないわよ？」

もうわけがわからない。

そんな私を、陽菜は面白そうに眺める。私が、詳しく説明を求めていることをわかっているのに、あえてなにもしゃべらない。本当に小悪魔だ。

だけど、そんな楽しそうな表情が可愛いからどうしようもない。そんなふうに、私がアップアップしていることが、椅子もお気に召したらしい。なぜか頬ずりされている。

「そこで立ち聞きしている変態と結婚ですか。おめでとうございます」

ガブが機嫌のいい声で言った。

「はあ？」

陽菜が声を上げた途端——

「ガブスティル。人聞きの悪い言い方をしないでくれるか？」

ドアが開いて王子が入ってきた。陽菜の睨むような視線を受けて、視線を宙に向けているところから察するに、結構動揺しているのだろう。

「私は立ち聞きなどしていない。聞こえてしまったのだ」

王子が首を傾げて困ったような表情を作っても、陽菜は眉間に皺を寄せたまま、王子を睨み付けていた。

「なにをしているのです？　殿下」

陽菜に声をかけられただけで嬉しそうにする王子に、陽菜は冷たい視線を浴びせる。

「陽菜、私はプロポーズを——」

「質問に答える気はないと？」

言いかけた言葉さえも、さっくりと切り捨てた。ちょっと格好いい。

「それよりも先に伝えなければならないことがあってね」

さらっと緑の髪をなびかせて、王子は陽菜の目の前に膝をつく。

「この胸の鼓動が私の心臓を破ってしまう前に、君に愛してると伝えなければいけない」

「まあ。いけませんわ、殿下。ただでさえ少ない脳みそが、さらに溶け出てなくなりかけているではありませんか」

「心配してくださっているのですね」

「……私、望んではいけないことを望んでしまいそうです」

陽菜が、切なげにため息を吐いた。私は、その仕草にドキッとしていたのだけれど——

「その口を縫い付けて二度とくだらないことを話せないようにしてしまいたいのです」

と、やっぱり甘いことは言わない陽菜だった。

「ふふ。私が他の女性にもこのような甘い言葉をささやくのを心配なさっているのですか？」

王子は立ち上がって両手を広げる。

「ご安心ください！　私の愛の言葉はすべてあなたにだけ捧げましょう！」

「私、眩暈が……」

「大丈夫ですか!?　私の言葉にそんなに感動してくださるなんて」

陽菜を支えようと近付いてきた王子を避けながら、陽菜は胸を押さえる。

「私、この国の将来を考えるだけで、悲しくなります」

不安じゃなく、悲しくなるのか。滅亡決定？

「あなたが悲しむのなら、どうぞこの胸でお泣きください！」

王子は素早く動いて陽菜を胸に抱き込む。すかさず、陽菜が王子を蹴ったのを見た。

「私のこの気持ちを、どうやってわかってもらったらいいのかしら？」

「わかっています。共にこの国のために歩いていきましょう」

「だから……」

……最近、恒例になってきた舌戦が始まったので、放っておくことにした。

私は、ガブを見上げて問うた。

「ガブ、知っていた？」

「いや。興味ない」

でしょうね。ガブが興味ないことには早々に気が付いてはいたけれど。

私も気が付かなかった。陽菜がそんなことを考えていただなんて。……クリスマス騎士から助けられた時、少し、陽菜が王子に寄りかかっているように見えたけど……もしかして、あの時……

そんなことを思い出していると、突然ガブに持ち上げられた。

しかもガブは、そのまま歩き始めてしまう。

「殿下、私たちはこの辺で失礼します」

退室の挨拶までしてしまうガブに、私は慌てる。

「どこへ行く気⁉」

「新居に行こう」

迷いなく帰ってきた返事に、虚を衝かれた。

「新居？ もう準備できているの？」

新居と言われて、実は一瞬喜んだなんて、知られてはいけない。なんだか、望んでない方法ですっごく可愛がられそうだ。

「あとは食材を入れれば完璧だ」

整いすぎだ！ 食材だけって、もう今から住みますよってところまで荷物が入ってい

るってことっ!?」

「なんで、いきなり行くの？　今度、耳飾りを買いに行く時にって、さっき話したばかりじゃない。それにガブ、明日は仕事でしょ？」

「陽菜様のことも心配がなくなったし、相変わらず葉菜が可愛すぎるから、ちょっと監禁してしまおうかと」

「なにそれなにそれなにそれ～～!?」

「やっぱりこれ以上、他の人間に葉菜の可愛い姿を見せたくない」などと言いながら、ガブは私を軽々運ぶ。

王子は呆れた顔をしてガブを見送る。その隣に立つ陽菜が手を振ったのが見えた。

――陽菜、助けなさいよっ!?

暴れる私を軽々と押さえ付けながら、迷いのない足取りで歩いていくガブ。

「私は可愛くないよっ!?」

自分でこんなことを大声で叫ぶのもどうかと思いながらガブを止めようとする。ガブは私をちらりと見下ろして首を振った。

「私は葉菜以上に可愛い人に会ったこともなければ、これから会えるとも思えない」

なに、その受け答え～～？

不意打ちで愛をささやかれ、かっちんと固まって動けなくなった私を、ガブは目を細めて見つめてくる。

——この状況、どうにかしないと。

せっかくの愛の言葉だけど、喜んでいる場合でもなければ、どう返事をするか迷っている場合でもない。

もっと言えば、嬉しそうなガブに見惚れている場合でもないのよ、私！

ただ——

「優しくする」

そう言ってガブに微笑まれると、胸がきゅんとしてしまう。

……そんな私は、もう一生、この人にかなわないのかもしれない。

書き下ろし番外編
お仕事

ガブの家に監禁……もとい、移り住んで一か月が経とうとしている。

周辺四国の大使はとっくに帰国し、ガブの仕事も落ち着くはずだが、彼は未だに忙しくしている。というのも、ガブは一か月かけて新婚旅行に行くつもりらしい。その休暇を取るために、前倒しして仕事を片付けているそうなのだ。

私は一人、暇を持て余して家の中で本を読んだり庭いじりをしたりして過ごしている。前にいた世界で仕事をしていた時は、時間があれば、やりたいことはたくさんあったはずなのに――

私は、二階にある自室の窓辺で、一冊の本を読み終えるとため息を吐いた。

近くに、小さなわたまるが丸まっている。

目を細めて、そのふわふわの感触を楽しみながら、ぼんやりと外を眺めた。

「つまんないなぁ……」

ぽつりと、意識せずに言葉がこぼれ落ちた。

いつもは呑み込んでいた言葉が出てしまって、誰も聞いている人などいないのに、動揺してしまう。

寂しいとか、不安だとか、言ってはダメだ。

仕事をしているガブの負担になりたくない。ここに越してきたことが嫌だとか、そんな風にも思われたくない。王子といい感じになっている陽菜にも気を遣わせるわけにはいかない。

急に涙が滲みそうになって、唇を噛みしめてこらえた。

毎日一人になるたびに泣いて過ごすなんてまっぴらごめんだ。ガブに想いが通じる前は、一人でも生きていく気だったじゃない。

大きく深呼吸をして涙を流さずに済んだ時、じっとしていたわたるが動いた。

小さなしっぽをパタパタと振って、ふわりと浮き上がる。

「わたまる？」

不思議に思ってわたまるに手を伸ばすと同時に、いきなり窓が開いた。

「葉菜。ただいま」

そこには、ガブがいた。

「ど、どうしたの!?　そんなところから……しかも、こんなに早く」

無理矢理抑えていた涙がまた湧き上がってきそうになって、早口で聞いた。

「ああ、急いでいるんだ。　葉菜、とりあえず私と来てくれ」

「え?　え?　どこに?」

戸惑う私をよそに、突然服を脱がされる。

「え、や……。なに?」

事態に対処できないうちに、あっという間に下着以外の服がはぎ取られた。その上からガブの大きな手が滑っていく。

「ふっ……ん、あっん。ガブ?」

快感に慣らされてしまっている体は、あっという間に熱を持って潤んでいく。まだ外はこんなに明るくて、ガブが入ってきた窓も開いているのに。

「ダメ。恥ずかしいっ……!」

秘所に彼の指が潜り込んで、水音を立てる。ダメだと口で言いながらも、彼の手を押さえる私の手には力が入らない。もっと触ってほしいと言うように、勝手に足が開いていってしまう。

「こん、なっ……急に、どうし……んんっ」

すでに潤んでいた蜜壺に、彼の太い指がするりと潜り込んで暴れ始める。

ほとんど触れられていないのに、すぐに準備万端になる自分が恥ずかしい。

「もうこんなになって……ほしい？」

ガブは低い声でささやいた。荒くなった吐息が、耳朶をくすぐる。

彼が興奮しているのを感じて、さらに熱が上がった気がする。

「窓、開いてるのにっ……！　そんなこと……んっ」

私の些細な抵抗など、軽い微笑みで吹き飛ばす。ガブの笑顔はズルい。きっと、微笑

まれるだけでなんでも許せる気がする。

口で文句を言いながらも、彼を押し退けるどころか、首に腕を回してしがみ付いてし

まっている。

「葉菜。いい子だ」

キスで口を塞がれて、彼の舌が私の舌を絡め取る。

抵抗どころか、反射的に応えた私を見て、ガブが意地悪く目を細めた。そんな表情さ

え、格好よくてたまらない。

だけど、やっぱり恥ずかしい。ガブから目を逸らすと、見慣れないものが視界に入った。

「ガブ、外出着……持ってきたの、あれ……」

その途端、ガブがぴたりと動きを止めて、苦しそうな呻き声を上げた。

「そうだった……。葉菜に触れて忘れていた……。まずい。奴が来る。早く葉菜を連れていかないと」

そう早口で言われるけれど……

「はっ……あっ。指、抜いてくれないと……んっ」

言っている内容とは正反対に、私の中に潜り込んでいる指は、ぐいぐいと奥へと進んでくる。

ガブがなにかに慌てているようだけど、今のこの状態をなんとかしてもらわないと、どうしようもない。

「も……おねがいっ」

「……ああ、もう。可愛いな。止まらない」

ぐいっと片足を持ち上げられて、すでに潤んで準備ができているそこに、ズボンの前をくつろげただけの状態で、ガブが進んでくる。

「ふぁあっ……! あっ、ガブっ……!」

熱い彼自身が、私の中の寂しさを全て埋め尽くす。

「こんな慌てていて悪い、葉菜。……っ、我慢が利かないんだ」

強く抱きしめられて、彼が最奥にあたる。

「葉菜っ……!」

切ない声で呼ばれ、私も彼の頭をぎゅっと抱きしめた。

「――あっ……あぁぁっ」

つながっている部分から指の先まで痺れるような感覚が走った――

イッてしまって、くったりとした私に、ガブがせっせと服を着せる。

「ガブ?」

どうしてそんなに急いでいるのかと、潤んだ瞳で見上げると、ガブがぐっと息を呑ん

で耐えるように拳を握る。

「今はダメだ。煽らないでくれ」

……煽ったつもりはないけれど。

「城に行くんだ。私と」

どこに行くのかと思えば、お城?

城から出てまだ一か月だけど、妙に懐かしくて、陽菜にも侍女さんたちにも会えるこ

とに嬉しさが込み上げてくる。

「嬉しい」

『私と』と強調されていることが、妙に気恥ずかしくて、少し顔を伏せたまま笑う。

その途端、ぎゅうっとまた強く抱きしめられた。

「ダメだ。今は我慢……いや、もうこのままやり続けてもいいんじゃないか？　我慢する必要があるか？」

「あれ、ちょ、ガブ!?」

不穏な言葉が聞こえてきて、慌てて彼を引きはがしにかかる。

「大丈夫。明日でも城には行ける」

あ、もう我慢する気がない！

「でも、なにか用事があったんじゃ――」

力が抜けていた足を無理矢理動かそうとしたその時――

「葉菜――！　ちょっとお願いがあるんだけどー！」

陽菜の声が外から聞こえた。

窓枠に手をかけて下を覗き込むと、陽菜と王子が立っている。

「くそっ……！　来やがった」

背後でガブの舌打ちが聞こえた。奴って、陽菜のことだったのか。

「で、お願いというのはね」

ずかずかと家の中に入ってきた二人（プラス護衛）にお茶を出すと、陽菜がにこにこと話し始めた。

「葉菜、これから昼間は、私の相談相手としてお城で過ごさない？」

相談相手？

なにかと思えば、いわば、ストレス解消の雑談相手だった。

「王妃教育とか言われてダンスとか食事マナーとか叩き込まれててね、うんざりなのよ。しかも、美しい白姫だとか言って、私に気を遣う人ばっかり。イラつくったらないわ」

眉間に皺を寄せたまま、陽菜は大きなため息を吐く。

「ね？　葉菜が近くにいてくれたら――」

「ダメです。　葉菜は、私の専属秘書にします」

私が返事をする前に、ガブが答えてしまう。

「もう了承ももらいました」

……初耳ですが。

いけしゃあしゃあと嘘を吐くガブを見上げると、そうだよな？　と無言の圧力が降っ

てきた。

「ええと……私って、秘書みたいな仕事していいの?」

ガブや陽菜はあてにならないと、王子に向かって聞いてみる。

「構わないよ。葉菜様がいいなら。もちろん、なにもしなくても、生活に困るような

ことには絶対にさせないけれど」

儀式の時以外は、基本的になにをしても自由なのだそうだ。

「私としゃべってるだけの方が楽しいでしょ! 私が先に言い出したことなのに!」

陽菜は、この話を急に思い付いたそうだ。『ここに葉菜がいれば好きなだけ愚痴れる

のに!』と。

そして、すぐさま王子に『自分の話し相手として、昼間は城に葉菜を呼んでもいいか』

と確認を取りにいった。

そこで、ガブに聞かれて、先を越されたらしい。

「葉菜は私のものだ。昼間も城に来るなら、私の傍にいるべきだ」

毎日、ガブの傍に。

それは、とても幸せだろう。できるならば、そうしたい。

「もぉうっ。時々は私とも話をしてよね!」

私の表情から、陽菜は私が彼女の雑談相手ではなく、ガブの傍で仕事をすることを選

んだことがわかったようだ。

頬を膨らませながらも諦めてくれた。

「うん。陽菜、ありがと。ガブ、よろしくね」

私は陽菜とガブ両方に笑いかける。

「これで、毎日葉菜が執務室に……イイ。実に楽しみだな」

ガブの言葉が嬉しくて、私は満面の笑みを浮かべた。

しかし、他の二人は、渋い顔をしている。

「おい、秘書だからな？　仕事をするんだからな？」

王子が私ではなくガブに念を押していた。

陽菜は突然私に笑顔を向ける。

「葉菜？　葉菜は一生懸命仕事をする人、好きよね？」

はい、と答えなさいという陽菜の威圧感に押されながら、私はわけもわからずうなずく。

「う、うん。一生懸命仕事する人は、格好いいよね」

「そうね。さぼったり仕事があるのに他のことをする人は？」

「う、うん……」

聞かれている理由はわからないが、私は元の世界での同僚を思い浮かべた。

「最悪だよ。その分、他の人が皺寄せを受けているのに」

やる気がないその人の仕事は、しっかりと私に降りかかってきた。

「さぼる人は嫌いよね？」

念押しをされて、私は強くうなずいた。

「うん」

「よし。——これで大丈夫でしょ」

陽菜が王子に向かって言うと、王子も安心したような笑みを浮かべてうなずく。

「さすが。素晴らしいよ、陽菜」

会心の笑みを浮かべる二人。ガブは焦ったように「私はさぼろうと考えていたわけじゃない」と一生懸命訴えていた。

そして——

「ガブ！　もう、ダメって……んっ」

「今は休憩中だ」

かぷりと耳に噛み付かれて背中が震える。

「葉菜。おやつは……これがいい」

「それ、はっ……！　たべちゃ、だめぇ」

私が快感に耐えながら首を振る。なのに、ガブは胸の先端を口に含んでしまう。

「……おいしい」

ちゅぱっと濡れた音と共に先端がころころと転がされて硬く尖る。

「んっ、んっ……！　もう、仕事、しなさいっ……！」

「休憩中」

テーブルの上には、冷めてしまった紅茶が載っている。

ガブは、私の胸を味わうことに夢中だ。

「もぉう。ダメって言ってるのに～」

そして、私もガブに流されないように必死になる毎日。

働き始めてようやく、陽菜と王子の会話の意味がわかったのだった──

新＊感＊覚　ファンタジー！

Regina レジーナブックス

へっぽこ薬師が大活躍!?

Eランクの薬師 1～2

雪兎ざっく
イラスト：麻先みち

価格：本体 1200 円＋税

薬師のキャルは、冒険者の中でも最弱なEランク。パーティからも追放され、ジリ貧暮らしをしていたある日、瀕死の高ランク冒険者を発見する。魔法剣士だという彼を自作の薬で治療したところ、彼はその薬を大絶賛！　そのままなりゆきで一緒に旅をすることになり――。道中、キャルの知られざる（？）チートが大開花!?　ほのぼのファンタジー、開幕！

詳しくは公式サイトでご確認ください

http://www.regina-books.com/

携帯サイトはこちらから！

ノーチェ文庫

とろけるキスと甘い快楽♥

好きなものは好きなんです！

雪兎ざっく イラスト：一成二志
価格：本体 640 円+税

スリムな男性がモテる世界に、男爵令嬢として転生したリオ。けれど、うっすら前世の記憶を持つ彼女は体の大きいマッチョな男性が好み。ある日、そんな彼女に運命の出会いが訪れる。社交界デビューの夜、ひょんなことから、筋骨隆々の軍人公爵がエスコートしてくれて——？

詳しくは公式サイトにてご確認ください

http://www.noche-books.com/

携帯サイトはこちらから！

～大人のための恋愛小説レーベル～

憧れの上司に娶(めと)られる!?
勘違いからマリアージュ

雪兎(ゆきと)ざっく

エタニティブックス・赤

装丁イラスト／三浦ひらく

憧れていた上司に、寿退社すると勘違いされた天音。本当の退職理由は違うのに、訂正できないまま、ついに送別会の日を迎えてしまう。その席で天音はヤケになり、記憶を失くすまでトコトン呑んだ。そして翌朝目覚めたら、なんとそこは彼のベッドの上で――? 一夜限りの夢のはずが、夢が全然終わらない!!

四六判　定価：本体1200円+税

※エタニティブックスは大人の女性のための恋愛小説レーベルです。ロゴマークの色で性描写の有無を判断することができます（赤・一定以上の性描写あり、ロゼ・性描写あり、白・性描写なし）。

詳しくはアルファポリスにてご確認下さい

http://www.alphapolis.co.jp/

携帯サイトはこちらから！

~大人のための恋愛小説レーベル~

ETERNITY
エタニティブックス

イケメン様がなぜ私を!?
愛され上手は程遠い!?

エタニティブックス・赤

雪兎ざっく（ゆきと）

装丁イラスト／ひむか透留

学生時代の苦い経験から、男性が極度に苦手なOLの夕夏。そんな彼女に、ハイスペックなイケメンが突然熱烈アプローチ!?最初は冗談だと思っていたのだけど、彼はどうやら本気なよう。甘く過激な言葉で口説かれ、際どいスキンシップで迫られ、気づけば彼のペースで翻弄されてしまい──？

四六判　定価：本体1200円+税

※エタニティブックスは大人の女性のための恋愛小説レーベルです。ロゴマークの色で性描写の有無を判断することができます（赤・一定以上の性描写あり、ロゼ・性描写あり、白・性描写なし）。

詳しくはアルファポリスにてご確認下さい

http://www.alphapolis.co.jp/

携帯サイトはこちらから！

～大人のための恋愛小説レーベル～

ETERNITY

エタニティブックス・赤

甘くとろける返り討ち!?

プリンの田中さんはケダモノ。

雪兎ざっく

装丁イラスト／三浦ひらく

人の名前を覚えるのが苦手なOLの千尋。彼女は突然、部署異動を命じられてピンチに陥っていた。異動先ではろくな紹介をしてもらえず、みんな冷たい……そんな中、大好物のプリンとともに救いの手を差し伸べてくれる人物が現れた！　千尋は彼をプリンの田中さんと呼び、親睦を深めていくけれど——？

四六判　定価：本体1200円+税

※エタニティブックスは大人の女性のための恋愛小説レーベルです。ロゴマークの色で性描写の有無を判断することができます（赤・一定以上の性描写あり、ロゼ・性描写あり、白・性描写なし）。

詳しくはアルファポリスにてご確認下さい

http://www.alphapolis.co.jp/

携帯サイトはこちらから！

ノーチェ文庫

甘く淫らな身分差ラブ♥

執愛王子の専属使用人

神矢千璃　イラスト：里雪
価格：本体640円+税

借金返済のため、王宮勤めをはじめた侯爵令嬢エスティニア。するとひょんなことから、高給な王子専属使用人を任された！仕事に励むエスティニアだったけれど……王子は、「主との触れ合いも使用人の仕事」だと言い、激しい快楽と不埒な命令で彼女に執着してきて――?

詳しくは公式サイトにてご確認ください

http://www.noche-books.com/

携帯サイトはこちらから！

ノーチェ文庫

紳士な王太子が獣に豹変!?

竜の王子とかりそめの花嫁

富樫聖夜(とがしせいや) イラスト：ロジ
価格：本体640円+税

没落令嬢フィリーネが嫁ぐことになった相手は、竜の血を引く王太子ジェスライール。とはいえ、彼が「運命のつがい」を見つけるまでの仮の結婚だと言われていた。対面した王太子は噂通りの美丈夫で、しかも人格者のようだ。ところが結婚式の夜、豹変した彼から情熱的に迫られて──？

詳しくは公式サイトにてご確認ください
http://www.noche-books.com/

携帯サイトはこちらから！

ノーチェ文庫

ハレムの夜は熱く乱れる!?

強面王子のハレムに潜入したら、なぜかべた惚れされまして!?

柊 あまる イラスト：北沢きょう
価格：本体 640 円+税

父の決めた相手と婚約した王女レイハーネ。その矢先、侍女を盗賊にさらわれてしまった。彼女が他国の宮殿にいると知ったレイハーネは、奴隷のふりをして潜り込むことに。すると、強面な王子ラティーフに気に入られてしまい——。婚約者がいる身なのに、甘く淫らに愛されて!?

詳しくは公式サイトにてご確認ください

http://www.noche-books.com/

携帯サイトはこちらから！

Noche

甘く淫らな恋物語
ノーチェブックス

聖女は王子の執愛に困惑!?

蹴落とされ聖女は極上王子に拾われる

砂城(すなぎ)
イラスト：めろ見沢

価格：本体 1200 円+税

異世界に突然召喚された上、その途中で、一緒にいた人物に突き飛ばされた絵里。おかげで、彼女は異世界の海に落ちる羽目に。そんな彼女を助けてくれたのは超好みの「おっさん」だった！ その男性に惚れ込んだ絵里は、彼と一夜を共にする。ところが翌朝、隣にいたのはキラキラした王子様で──!?

詳しくは公式サイトにてご確認ください

http://www.noche-books.com/

携帯サイトはこちらから！

甘く淫らな恋物語
ノーチェブックス

**不器用な彼に
ギャップ萌え!?**

冷血公爵の
こじらせ
純愛事情

南 玲子
(みなみ れいこ)
イラスト：花綵いおり

価格：本体 1200 円+税

とある夜会で、『冷血公爵』と呼ばれる男性と一夜の過ちをおかしてしまったアリシア。彼の子を宿した可能性があると言われて、屋敷に監禁されることになったのだけど……暮らしは快適で、公爵も意外と献身的!? 不器用な彼が見せるギャップに萌えていたら、二人の関係は甘く淫らに変わっていき――?

詳しくは公式サイトでご確認ください

http://www.noche-books.com/

携帯サイトはこちらから！

本書は、2016年12月当社より単行本「白と黒」として刊行されたものに書き下ろしを加えて文庫化したものです。

ノーチェ文庫

暴走騎士様のただならぬ溺愛
雪兎ざっく

2018年9月5日初版発行

文庫編集－中山楓子・河原風花・宮田可南子
編集長－塙綾子
発行者－梶本雄介
発行所－株式会社アルファポリス
　〒150-6005 東京都渋谷区恵比寿4-20-3 恵比寿ガーデンプレイスタワー5階
　TEL 03-6277-1601（営業）　03-6277-1602（編集）
　URL http://www.alphapolis.co.jp/
発売元－株式会社星雲社
　〒112-0005 東京都文京区水道1-3-30
　TEL 03-3868-3275
装丁・本文イラスト－里雪
装丁デザイン－ansyyqdesign
印刷－株式会社暁印刷

価格はカバーに表示されてあります。
落丁乱丁の場合はアルファポリスまでご連絡ください。
送料は小社負担でお取り替えします。
©Zakku Yukito 2018.Printed in Japan
ISBN978-4-434-24913-6 C0193